Stephanos

Neustarten

NEUSTARTEN

BAND EINS DER GAYSTORYS

STEPHANO

Ministerium für
Kultur und Wissenschaft
des Landes Nordrhein-Westfalen

Gefördert durch ein Künstlerstipendium im Rahmen
der NRW-Corona-Hilfen

Bibliografische Information der Deutschen Nationalbibliothek: Die Deutsche Nationalbibliothek verzeichnet
diese Publikation in der Deutschen Nationalbibliografie;
detaillierte bibliografische Daten sind im Internet über
dnb.dnb.de abrufbar.

Lektorat: Anne Ameling, www.kurswortwest.de
Cover, Layout und Satz: Herrn Meyers Buchmacherei
(Coverfoto: Christopher Campbell, Unsplash)
Schlussredaktion: Amelie Soyka

Herstellung und Verlag:
BoD - Books on Demand, Norderstedt
ISBN: 978-375-571-217-6
Auch als E-Book erhältlich.

PROLOG

TOM HATTE DIE Abifeier in der Aula der Schule verlassen, weil er frische Luft brauchte. Der Alkohol war ihm zu Kopf gestiegen und dämpfte seine Gedanken, aber er mochte diesen Effekt, weil er dann weniger über sich und sein Leben grübelte. Daher hatte er einen Moment allein sein wollen, um dieses Gefühl voll auszukosten. Die Haare fielen ihm halblang ins Gesicht und er hatte sich geweigert, einen Anzug anzuziehen, obwohl seine Mutter ihn dazu gedrängt hatte. Ihm gefiel sein Stil: die ausgebeulte Jeans, der schwarze Hoodie und die Sneakers. Sollten die anderen doch von ihm denken, was sie wollten.

Sein bester Freund Joschi stand plötzlich neben ihm und sah ihn verschmitzt an. Joschis Mutter hatte ihm zwar ein schmales Sakko und eine Stoffhose aufschwatzen können, aber er trug das Hemd immerhin offen und gewährte Tom so einen reizvollen Blick auf die trainierte Brust und damit auf einen Körper, den er seit Jahren kannte, weil sie oft zusammen im Schwimmbad gewesen waren und immer wieder beieinander übernachtet hatten. Nur kurz sinnierte er über Joschis Look, dann wandten sich seine Gedanken wieder anderen Dingen zu. Sie hatten das Abitur in der Tasche und der Sommer lag vor ihnen. Joschi hielt einen Joint hoch.

»Kommst du mit in den Fahrradkeller?«, fragte er.

Tom nickte und stieß sich von der Mauer ab, an der er lehnte. Sie schlenderten über den dunklen Schulhof, schlüpften durch die Holztür in den Fahrradkeller, in dem sie während der letzten zwei Jahre immer mal wieder gekifft hatten, und schlichen durch den dunklen Raum. Licht brauchten sie dazu nicht, denn sie kannten hier jeden Zentimeter. In einer Ecke lag die alte Matratze auf dem Boden, die der Hausmeister zum Glück nicht wegräumte und auf der sie es sich nun bequem machten. Joschi zündete den Joint an und reichte ihn kurz darauf an Tom weiter.

Der Rausch stieg innerhalb von Sekunden in Toms Gehirn und machte ihn ganz leicht. Obwohl ihn die Schule in den letzten Monaten total genervt hatte, wünschte er sich jetzt, sie könnten einfach immer so weitermachen: Kiffen, abhängen, zocken, über die anderen aus der Stufe lästern. Mehr wollte Tom eigentlich nicht. Stattdessen stand bald seine Ausbildung an. Tom ahnte jetzt schon, dass die kein gutes Ende nehmen würde. Aber er hatte sich dem Druck seines Vaters gebeugt, so wie er es immer getan hatte.

»Wann fängt dein Studium an?«, fragte er Joschi und bemerkte dabei, dass er sich nicht mehr ganz klar artikulieren konnte. Er kicherte.

»Was ist los?«, fragte Joschi.

»Besoffen und bekifft.«

Joschi zog am Joint und stieß belustigt den Rauch in die Dunkelheit des Fahrradkellers.

»Im Oktober fange ich an. Aber ich ziehe schon nächste Woche in die Stadt. Ich habe einen Job gefunden und will erst mal ein bisschen Geld verdienen.«

An ein Studium hatte Tom auch gedacht, die Idee aber schnell wieder verworfen. Er wollte nicht schon wieder lernen. Und was sollte er auch studieren? Sein Vater hatte ihm ja oft genug klargemacht, wo sein Platz war: hier in der Provinz, mit einem guten Job, einem Eigenheim und einer Rente, auf der er sich ausruhen konnte. Für ein Studium war da kein Platz.

Der Joint war bis zum Ende aufgeraucht. Tom lehnte sich mit angewinkelten Beinen an die raue Wand des Fahrradkellers und schloss die Augen. Es fühlte sich an, als würde er schweben. Dieses Zeug von Joschi war fantastisch. Einerseits verlangsamte es alles und bettete Tom in eine wohlige Welt ohne Probleme, andererseits machte es ihn auch jedes Mal geil. Manchmal rauchte er zu Hause allein einen Joint und wichste dann zu seinen Fantasien. Fantasien, über die er mit niemandem sprach, weil sie ihm eigenartig falsch vorkamen. Erinnerungen an die Momente, in denen er seine Mitschüler nackt gesehen hatte. Aber seine Fantasien gehörten ihm ganz allein.

Als er Joschis Hand auf seinem Knie bemerkte, konnte er nicht sagen, wie lange sie schon da gelegen hatte. Tom spürte das Blut in seinem Penis pulsieren und atmete tief aus. So durfte es bleiben: Mit seinem besten Kumpel in einem dunklen Fahrradkeller sitzen, kiffen und an Sex denken.

Ihn störte es auch nicht, dass Joschis Hand nun langsam an seinem Oberschenkel aufwärts wanderte. Wohlige Wärme ging von ihr aus. Er legte seine Hand auf Joschis Bein.

»Woher hast du dieses Zeug bloß?«, fragte er kichernd. »Damit könnte man den Kirchenvorstand zu krassen Orgien verführen.«

Joschi lachte. »Als wenn ich den verführen wollte!«

»Wer will das schon?«

Joschis Hand erreichte seinen Schritt und legte sich auf den Stoff über Toms Schwanz. Toms Atem stockte. Alles in ihm wollte, dass sie dort einfach eine Weile liegen blieb. Seine Hand suchte sich nun ebenfalls den Weg an Joschis Bein aufwärts. Toms Schwanz zuckte und die Jeans war plötzlich viel zu eng. Joschis Hand verweilte auf dem Stoff der Hose und strich sanft über die darin verborgene Erektion.

Tom beschloss, dass ihm jetzt einfach alles egal sein konnte. Er war jung, er hatte das Abitur geschafft, das ganze Leben lag vor ihm. Er schob seine Hand weiter aufwärts, und als er Joschis Schwanz erreichte, stellte er fest, dass Joschi genauso geil war wie er selbst. Er tastete über die steife Latte in der braven Stoffhose. Joschi stöhnte leise und griff nun fester nach Toms Schwanz. Er rieb ihn und Tom spürte, dass er sich nicht mehr lange zurückhalten konnte.

Von draußen näherten sich Stimmen. Tom erschrak und im gleichen Moment kam er. Er stöhnte auf. Die Tür zum Fahrradkeller quietschte in den Angeln und Tom zog seine Hand blitzschnell aus Joschis Schritt. Er drückte sich an der Wand hoch. Ihm war schwindelig vom Alkohol und der Kiffe, er fühlte das warme Sperma in seiner Hose und dann standen drei Mädels aus ihrem Jahrgang vor ihnen.

»Stören wir?«, fragte Pia kichernd und sah Tom neugierig an. »Wir wollten hier nur kurz einen Joint durchziehen.«

»Macht's euch bequem. Wir sind gerade fertig«, sagte Tom mit belegter Stimme und ging zügig an den Mädels vorbei auf den Ausgang zu.

Er hechtete durch die Tür und rannte über den Schulhof.

»He, Tom, warte mal!«, hörte er Joschi hinter sich rufen.

Aber Tom wollte jetzt nicht mit ihm reden. Was hatte er getan? Er lief weiter, stürmte in die Aula, schnappte sich an der Bar ein Bier und verzog sich in eine Ecke, halb hinter einem Vorhang versteckt, in der ihn niemand sah. Er trank das Glas in einem Zug halb leer, als müsste er einen unangenehmen Geschmack loswerden. Er lehnte sich leicht zitternd an die Wand, schloss für einen Moment die Augen und riss sie dann wieder auf. War das wirklich gerade passiert?

Die Tanzfläche war rappelvoll. Die meisten Lehrer waren längst gegangen, aber seine Mitschüler feierten noch ausgelassen das bestandene Abitur. Tom tastete vorsichtig einen Schritt ab. Er musste den feuchten Fleck auf seiner Hose verstecken. Zweimal sah er Joschi noch suchend durch den Raum gehen und mit ein paar Leuten sprechen, die alle die Köpfe schüttelten, dann machte sich Tom vom Acker.

Zwei Jahre war das nun her, und seitdem hatte Tom jeden Kontakt zu Joschi vermieden.

Erstes Kapitel

Seit zwei Jahren schob Tom Akten von einer Seite des Schreibtisches auf die andere, bewilligte Anträge oder lehnte sie ab. Einen Sinn sah er darin schon lange nicht mehr. Klar, irgendjemand musste den Job machen. Aber er hatte sich nach dem Abitur keine Gedanken darum gemacht, *wie* öde es sein würde, jeden Tag das Gleiche zu tun.

Die Arbeit kotzte Tom an.

Er war jetzt zwanzig Jahre alt, wohnte immer noch bei seinen Eltern und machte den langweiligsten Job der Welt. Weil er sich kaum für Sport interessierte, versteckte sich sein Waschbrettbauch mittlerweile unter einer dünnen Fettschicht, gegen die er stetig und genauso erfolglos ankämpfte. Er kleidete sich im Grunde immer noch wie in der Schulzeit: Jeans, Sneakers und Kapuzenpulli – es sei denn, es gab einen offiziellen Termin. Sein Leben bestand aus der Arbeit im Landratsamt, seinem alten Zuhause und Pia. Einzig der Roller – eine knallrote Vespa aus den 1970er-Jahren – war seine Art des Ausbruchs aus dieser Langeweile.

»Am Wochenende ist doch das Gemeindefest bei euch im Dorf, oder?«, fragte ihn sein Kollege Alex über die Computerbildschirme hinweg.

Tom erwischte sich dabei, dass er gedankenverloren auf ein kleines Glücksschwein neben seinem Computer starrte. Wie lange tat er das schon? Eine Minute, zehn? Eine halbe Stunde?

»Willst du da etwa hingehen?«, fragte er zurück und sah auf seine Uhr. Die Zeit verrann heute wieder wie zähflüssiges Blei.

»Ist doch mal was anderes«, meinte Alex und grinste ihn an. »Sonst ist ja nichts los hier.«

»Ich war seit drei Jahren nicht mehr auf dem Gemeindefest.«

Tom war diese Veranstaltungen umgangen, weil er mit dem kollektiven Besäufnis aller Altersgruppen nichts anzufangen wusste. Aber vielleicht sollte er sich das mal wieder ansehen? Was konnte er schon verlieren?

»Dann lass uns doch morgen Abend treffen«, schlug Alex vor. »Ein bisschen Spaß haben. Leute sehen. Was meinst du?«

»O.k. Um acht am Brunnen?«

Alex war der Einzige, mit dem Tom im Büro so etwas wie einen persönlichen Kontakt hatte. Die meisten anderen rockten ihren Job ab, fuhren dann zu ihren Familien in die Neubausiedlungen der umliegenden Dörfer, zeugten Kinder, pflanzten blickdichte Hecken und warteten auf ihre Rente. Wenn Tom daran dachte, dass ihm genau das auch bevorstand, war er kurz vorm Wahnsinnigwerden.

»Tom!«, brüllte passenderweise der Chef aus seinem Zimmer quer über den Flur.

Tom stöhnte genervt. Er drückte sich von seinem Drehstuhl hoch. Was hatte er diesmal falsch gemacht? Er marschierte über den Flur auf die Tür des Chefs zu und spürte die verächtlichen Blicke aus den Büros seiner Kolleginnen und Kollegen.

»Hast du diese Akte angelegt?«, blaffte ihn der Chef an und hielt ihm einen Ordner unter die Nase.

»Was ist denn damit?«

»Du weißt genau, dass Neuanträge in grüne Ordner sortiert werden, nicht in schwarze!«

»Grüne waren nicht mehr da.«

»Dann musst du den Vorgang zurückstellen!«

»Der Antrag hat höchste Priorität ...«

»Das spielt keine Rolle. Neunanträge grün!«

Der Chef knallte den Ordner auf den Tisch und wandte sich seinem Computer zu. Tom sah ihn fassungslos an. Wer nichts mehr von seinem Leben erwartete, diskutierte über Ordnerfarben.

»Ist noch was?«, fauchte der Chef, ohne den Blick von seinem Bildschirm abzuwenden.

»Ich habe mich auf ein Studium beworben«, sagte Tom. Das hier schien ein guter Moment, die Katze aus dem Sack zu lassen.

»Und?«

»Ich bin vermutlich in einem Monat weg.«

»Das musst du mit der Personalabteilung klären, nicht mit mir.«

»Ich wollte ... ach, vergessen Sie's.«

Der Chef sah Tom kurz an. »War's das?«

Tom nickte, schnappte sich den Ordner, drehte sich um seine Achse und verließ den Raum. Die Kollegen auf dem Flur hatten natürlich jedes Wort mitbekommen und einige grinsten Tom auf seinem Rückweg hämisch nach.

»Der hat heute wieder eine beschissene Laune«, stellte Alex treffend fest, als Tom auf seinen Stuhl plumpste. »Gut, dass du weggehst.«

»Darüber scheinen sich ja alle zu freuen.«

Alex reckte den Kopf an seinem Bildschirm vorbei. »Ich finde es schade«, sagte er. »Und wer weiß, wen der Idiot mir demnächst gegenübersetzt. Der Ausblick kann auf keinen Fall besser werden.« Alex zwinkerte ihm zu und wandte sich wieder seiner Arbeit zu.

Tom war aus seinem Kollegen nie ganz schlau geworden. Sie saßen sich jetzt seit einem Jahr gegenüber und immer wieder hatte Alex mehrdeutige Anspielungen gemacht. Tom war sich mittlerweile sicher, dass Alex eigentlich auf Männer stand, auch wenn er seit fünfzehn Jahren verheiratet war und zwei Kinder hatte. Aber was bedeutete das schon? Jeder, der in der Provinz nicht mit Mitte zwanzig verheiratet war, ein Haus baute und Kinder in die Welt setzte, machte sich verdächtig. Also tat man das eben. Tom hörte seine Uhr ticken.

ZWEITES KAPITEL

DIE KNALLROTE VESPA knatterte unter Toms Hintern und der Fahrtwind kühlte seine Haut angenehm. Die letzten warmen Tage vor dem Herbst brachten noch mal das leichte Gefühl des vergangenen Sommers zurück. Vielleicht sollte er an den Baggersee fahren und sich eine Stunde auf die Wiese legen. Wer weiß, wie oft er das noch tun konnte, bevor er diese elende Gegend verließ und wegzog.

Seine Entscheidung zur Veränderung war auf der Betriebsfeier vor zwei Monaten gefallen, die ihm wieder einmal einen tiefen Einblick in die Abgründe seiner Heimat geboten und das Fass der Abneigung gegen die Provinz zum Überlaufen gebracht hatte. Innerhalb kürzester Zeit waren alle rotzbesoffen gewesen, der Chef hatte die gerade erst volljährige Praktikantin unangenehm angegraben und von mindestens einem Kollegen und einer Kollegin wusste er, dass sie an dem Abend auf dem Klo gefickt hatten. Er hatte sie gehört, als er pinkeln war, und er hätte bei der Vorstellung, was die beiden da in der Kabine hinter ihm machten, beinahe ins Pissoir gekotzt.

An dem Abend hatte sich Tom so fehl am Platze gefühlt, dass er die alte Idee, Literatur und Filmwissenschaften zu studieren, wieder aufgegriffen hatte. Was er damit später machen wollte, wusste er noch nicht, aber alles war besser als diese Provinz-Scheiße. Er hatte sich am nächsten Tag sofort über die Studiengänge informiert und eine Woche später die Unterlagen abgeschickt. Seitdem wartete er auf die Zusage der Universität.

Endlich dieser kleinbürgerlichen Welt entfliehen und ein eigenständiges Leben anfangen – mehr wollte er nicht. Mit zwanzig war es an der Zeit. Er wollte auch nicht länger mit seinen Eltern unter einem Dach leben. Jeden Schritt seines Lebens bekamen die beiden mit und Tom hätte noch nicht einmal jemanden abschleppen können, ohne dass sie das kommentiert hätten. Nicht dass Tom jemals in die Verlegenheit gekommen war, jemanden abzuschleppen. Außer Pia vielleicht. Er hatte keine Ahnung, woran das lag, wenngleich er ahnte, dass das mit seiner verschlossenen Art zu tun haben könnte. Wer still ist, wird nicht wahrgenommen. Das würde sich bald ändern. Wenn er erst einmal in die Großstadt zog, eine eigene Wohnung hatte und allein über sein Leben bestimmen konnte.

Ein Mercedes überholte Tom in hohem Tempo, obwohl ihnen ein Transporter auf der Landstraße entgegenkam. Tom fuhr mit seinem Roller schon fast auf der durchgezogenen Linie am rechten Straßenrand, doch der SUV drängte ihn immer weiter zur Seite. Tom hupte, aber der Fahrer des Mercedes schien ihn überhaupt nicht wahrzunehmen und schob Tom auf der Vespa neben sich beinahe in den Graben. Tom legte im letzten Moment eine Vollbremsung hin und der Roller kam mit quietschenden Reifen zum Stehen.

Tom spürte sein Herz rasen. Laut brüllte er dem Mercedes hinterher. Er nahm den Helm ab und atmete tief durch. Seine Hände zitterten. Er brauchte eine Weile, bis er sich so weit beruhigt hatte, dass er weiterfahren konnte.

Vor dem Haus seiner Eltern stellte er den Roller in den Unterstand, den sein Vater eigens für die Vespa gebaut hatte. Das war noch so eine Sache, die Tom hier gewaltig auf die Nerven ging: Alles musste akkurat geordnet sein. Und blöderweise erwischte sich Tom immer wieder dabei, dass er genauso wurde. Er plante alles voraus, und wenn etwas unsicher war, dann ließ er lieber die Finger davon. Aber so ging das nicht weiter. Er musste verhindern, dass er zu einem Spießer wurde. Hoffentlich kam bald eine Zusage von der Uni. Das wäre sein Ticket raus aus der Provinz.

»He, Tom, warte mal!«, rief Pia von der Straße hinter ihm her, als er gerade die Haustür aufschließen wollte.

Sie kam die Einfahrt herauf und lächelte.

»Was machst du denn heute Abend? Sollen wir einen Film gucken?«

»Meine Eltern sind zu Hause. Das wird bei mir also schwierig. Aber ich kann bei dir vorbeikommen.«

Nicht nur, dass das Haus extrem hellhörig war, er wollte seine Eltern auch nicht mit zu häufigen Pia-Besuchen überfordern. Die kamen sonst auf falsche Gedanken.

Pia lachte. »Irgendwann musst du mal erwachsen werden.« Sie hakte sich bei ihm ein und zog ihn ein Stück vom Haus weg. »Pass auf: Ich hab einen guten Wein im Kühlschrank und suche einfach zwei Filme aus. Komm doch nach dem Essen rüber und wir machen's uns gemütlich. Okay?«

Das würde ihn zumindest davon abhalten, zu viel über sein Leben nachzudenken. Nachdenken und grübeln – das machte er sowieso viel zu oft. Außerdem tat es immer gut, mit Pia abzuhängen. Sie war so fröhlich und unerschütterlich, da blieb kein Platz für schlechte Gedanken.

»Okay«, sagte er. »Das klingt toll. Bis später.«

Mit Pia war er seit der fünften Klasse gemeinsam zur Schule gegangen, wenn auch in unterschiedliche Klassen. Aber in einem Dreitausend-Seelen-Dorf wie diesem, dicht an der französischen Grenze und ohne eine größere Stadt in der Nähe, kannte natürlich jeder jeden und lief den Nachbarn zwangsläufig über den Weg. Vor einem Jahr hatte er eine lockere Beziehung mit Pia angefangen. Nein, eigentlich keine Beziehung im engeren Sinne, sondern eher ein Techtelmechtel, Freundschaft plus, irgendwie so was. Sie hatten explizit vereinbart, kein Paar zu sein, dem anderen nicht reinzureden, keine Verpflichtungen oder Erwartungen zu haben. Aber Tom war sich seit Kurzem nicht mehr sicher, ob Pia das immer noch so sah. Sie wollte mehr, das spürte er mit jedem Treffen deutlicher. Sein schlechtes Gewissen ihr gegenüber wuchs von Tag zu Tag. Er sollte bald mit ihr reden. Am besten gleich heute Abend. Ein erster kleiner Abschied vor dem großen, der ihm nicht leichtfiel. Denn Pia würde hier im Dorf ziemlich schnell eingehen, wenn er nicht mehr da war. Genauso wie er wahnsinnig werden würde, wenn nicht wenigsten Pia in der Nachbarschaft leben und für Abwechslung sorgen würde. Sie hatten sich ganz schön aneinandergeklammert. Aber jetzt wollte er die Klammer lösen. Wie sollte er ihr das nur beibringen?

DRITTES KAPITEL

»Ich bin zu Hause!«, rief er in den Flur, bevor er seinen Schlüssel ordentlich ans Schlüsselbrett hängte, die Schuhe penibel ins Regal stellte und die Treppe zu seinem Zimmer nach oben stieg.

»Das Essen ist in zehn Minuten fertig«, antwortete seine Mutter aus der Küche. »Dein Vater kommt auch gleich.«

Tom hörte das Klappern der Topfdeckel und der Geruch von brutzelnden Schnitzeln folgte ihm von unten, als er sein Schlafzimmer betrat. An den Wänden hingen immer noch Plakate von den Bands, die er schon als Fünfzehnjähriger zusammen mit Joschi gehört hatte. In den letzten zwei Jahren hatte er sich allerdings kaum noch für Musik interessiert. Pia und ein paar seiner ehemaligen Schulkameraden standen auf Helene Fischer, aber davon hielt er sich lieber fern. Und alleine in seinem Zimmer die Anlage aufzudrehen machte ihn immer melancholisch.

»Bring doch bitte deine dreckigen Unterhosen mit runter! Ich will gleich noch Sechzig-Grad-Wäsche waschen«, rief Toms Mutter von unten.

Tom ließ sich auf sein Bett fallen. So ging das nicht weiter. Er war erwachsen und seine Mutter wusch seine Unterhosen. Sie kochte jeden Tag das Abendessen und räumte sein Zimmer auf, obwohl er ihr schon oft gesagt hatte, dass er das nicht wollte. Sein Vater kümmerte sich um Toms Altersvorsorge, schleppte ihn zu den Kegelabenden seiner Freunde mit und drängte ihn, eines der Grundstücke am Dorfrand zu kaufen, um sich ein eigenes Haus zu bauen. Verdammt! Er war doch erst zwanzig! Zur Krönung lag das Schlafzimmer seiner Eltern direkt neben seinem und durch die Wand war jedes Geräusch zu hören. Wirklich jedes!

»Ich verstehe dich nicht«, sagte sein Vater beim Abendessen. »Du hast doch einen guten Job. Was willst du mit einem Studium? Wenn du wenigstens Wirtschaft studieren wolltest, könnte ich das ja noch nachvollziehen. Aber Literatur? Film? Was willst du damit?«

Tom stöhnte innerlich auf. Diese Diskussion führten sie nun ständig, seit er sich an der Uni beworben hatte. Er hatte seinen Eltern immer wieder erklärt, warum er neu anfangen wollte. Aber die Vorstellungskraft seines Vaters reichte gerade mal bis zum Bildschirm des riesigen Flachbildfernsehers, der das Wohnzimmer dominierte und aus dem er alle nötigen Informationen über die Welt bezog. Wie sollte Tom da erwarten, dass er ihn verstand?

»Ich gehe in dem Amt ein«, sagte Tom zum gefühlt tausendsten Mal. »Ich will einfach noch was anderes machen, als für den Rest meines Lebens Akten sortieren und in diesem Kaff versauern.«

»Wir sind auch nie aus dem Dorf rausgekommen«, sagte sein Vater. »Und guck dir an, was wir aufgebaut haben: Wir haben ein eigenes Haus, die Schulden sind abbezahlt, wir können einmal im Jahr in den Urlaub fahren, und wenn ich in Rente gehe, kann ich mich den ganzen Tag in den Garten legen.«

Genau davor hatte Tom einen unsäglichen Horror.

Stoisch stopfte sein Vater Schnitzel, Kartoffeln aus dem eigenen Garten und Butterbohnen in sich hinein. Sein Gesicht war vom täglichen Alkohol leicht gerötet und der Bauch unter dem gebügelten Hemd drückte beinahe die Knöpfe aus ihren Löchern.

»Deine Ziele sind nicht meine«, antwortete Tom. »Ich will weiterkommen, vielleicht in einem Verlag arbeiten, etwas Kreatives schaffen.«

»Und du glaubst, du hast dazu genug Grips?«

Toms Vater sah seinen Sohn nicht an, als er das sagte, und Tom fühlte den Schmerz, den diese Frage bei ihm auslöste. Sein Vater hatte ihn nie für besonders schlau gehalten. Dass Tom unbedingt das Abitur machen wollte, hatte er gerade noch akzeptiert. Das machten ja viele Kinder aus dem Dorf. Aber ein Studium? Völliger Unsinn.

»Nun lass ihn doch«, mischte sich Toms Mutter ein.

»Als wenn du eine Ahnung davon hättest«, grummelte Toms Vater. »Aber jammer hinterher nicht rum, dass dir das zu hoch ist, was sich die Herren Professoren in der Universität zusammenfaseln.«

Eine Stunde später saß er auf Pias Sofa und nippte an dem Weißwein. Das Wohnzimmer war so herkömmlich eingerichtet, als hätte sie es aus einem Katalog übernommen. Eine große Sofagarnitur über Eck, eine Schrankwand mit Nippes, bodenlange beige Gardinen, damit die Nachbarn nicht alles mitbekamen. Immerhin hatte Pia den Schritt aus dem Haus ihrer Eltern schon vor zwei Jahren vollzogen und lebte allein. Sie machte eine Ausbildung zur Erzieherin in der Kindertagesstätte des Dorfes und betreute die Kinder ihrer ehemaligen Mitschüler. Sie wirkte irgendwie glücklich in diesem Job

20

und mit ihrem Leben. Was ihr noch fehlte, war der passende Mann an ihrer Seite, ein oder zwei eigene Kinder, das dazugehörige Haus. Sie hatte immer wieder darüber gesprochen, wie sie sich die Zukunft ausmalte. Sie entsprach genau dem, wovor Tom weglaufen wollte. Doch er befürchtete, dass Pia ihn seit ein paar Wochen dazu auserkoren hatte, einen Part in diesem Gefüge zu übernehmen. Entgegen ihren Absprachen.

»*Titanic* oder *Blade Runner?*«, fragte sie und schaltete den Streamingdienst ein. Pia stand auf diese alten Schinken.

Tom kannte deshalb beide Filme fast auswendig, aber ihm war es egal, was sie guckten. Ihn beschäftigte vielmehr die Frage, wie er Pia schonend beibrachte, dass er den eingeschlagenen Weg nicht länger mit ihr gehen wollte. Sie kuschelte sich an ihn und zielte mit der Fernbedienung Richtung Bildschirm. *Titanic*. Die romantische Variante also.

Jack brach in eine ihm unbekannte Welt auf, verliebte sich in Rose und ließ alles hinter sich, was bislang Bedeutung für ihn hatte. Er wollte nach Amerika, um Neues zu erleben. Während sich die Beziehung zwischen den beiden Hauptfiguren entwickelte, grübelte Tom, obwohl er gehofft hatte, genau dem zu entgehen, wenn er bei Pia saß. Jacks Aufbruch löste die Sehnsucht nach Neuem in Tom aus, die durch seine eigene Trägheit ausgebremst wurde. Und als das Passagierschiff sich dem Zusammenstoß mit dem Eisberg näherte, hatte er immer noch keine Lösung für sein Leben gefunden. Er wollte Pia nicht verletzen. Vermutlich war das sein Problem: Er wollte nie jemanden wehtun und nahm ständig Rücksicht auf die anderen. Aber er musste ihr endlich sagen, was er vorhatte.

Er beugte sich vor, griff nach der zweiten Flasche Wein, die schon auf dem Tisch stand, öffnete sie und goss sein Glas voll. Pia schmiegte sich noch enger an ihn und legte ihre Hand auf sein Knie. Der Wein stieg ihm allmählich in den Kopf und sein Widerstand schwächelte. Als Pias Hand an seinem Oberschenkel hochwanderte, spürte er, wie er hart wurde. Blitzartig schoss ihm die Situation von der Abifeier durch den Kopf und er zuckte leicht zusammen. Joschi und das, was seine Hand getan hatte. Wenn Pia mit ihren Freundinnen etwas leiser gewesen wäre, hätten sie ihn und seinen besten Freund beim Fummeln erwischt. Pia schien sich durch das kurze Zucken in Toms Körper bestätigt zu fühlen und massierte seinen Oberschenkel leicht. Ein schales Gefühl machte sich in ihm breit. Wie lange sollte das noch so weitergehen? Das hier war nicht richtig und doch kam er nicht weg davon.

»Du trinkst heute aber viel«, bemerkte Pia und kicherte. »Musst du dir Mut antrinken?«

»Pia, wir müssen irgendwann mal miteinander reden«, sagte Tom und sah sie an.

»Nicht heute. Ich hatte einen anstrengenden Tag. Und du weißt, ich lasse dir alle Freiheiten, die du brauchst.«

Sie erreichte seinen Schwanz und streichelte ihn sanft durch die Hose. Tom legte seine Hand auf ihre und wollte sie zur Seite schieben. Aber er brachte den Mut nicht auf. Es würde sie traurig machen. Also ließ er sie gewähren. Doch als Pia seine Hose öffnen wollte, hielt er sie zurück.

»Heute nicht«, murmelte er.

»Was hast du denn?«

»Ich bin einfach total müde. Das ist alles.«

Er war so ein Schisser! Wenn er etwas an seinem Leben ändern wollte, dann musste er auch was dafür tun. Von allein passierte das nicht. Er fand jedoch einfach nicht die Kraft, auszusprechen, was er wirklich dachte. Er stand auf, noch bevor Leonardo DiCaprio im eisigen Wasser des Nordatlantiks versank, und schlich nach Hause.

VIERTES KAPITEL

ALS TOM AM Samstagmittag die Treppe mit leicht verkatertem Kopf herunterstieg, sah er als Erstes den Brief von der Universität auf der Kommode liegen. Er blieb einen Moment am Ende der Treppe stehen, dann riss er den Umschlag auf. Die Zusage. Er konnte tatsächlich anfangen. Im Oktober ging das Semester los. Er jubelte.

»Was ist denn los?«, fragte seine Mutter und kam erstaunt in den Flur. »Ach ja, der Brief.«

»Ich bin angenommen!«, rief Tom und tanzte durch den Flur.

Während alle Ideen bisher bloß Hirngespinste waren, deren Umsetzung nicht sicher waren, durchströmte ihn jetzt zum ersten Mal seit Langem so etwas wie Hoffnung, dass er das Ruder seines Lebens doch noch herumreißen konnte.

Den ganzen Tag verbrachte Tom in einem ungewohnten Hochgefühl, das jeden Nerv seines Körpers in Schwingungen brachte, und als er sich abends mit Alex auf dem Gemeindefest traf, erzählte er ihm natürlich sofort von der Zusage.

»Dann lässt du mich also wirklich allein«, stellte Alex resigniert fest.

»Du kannst doch auch noch was anderes machen«, versuchte Tom, ihn aufzumuntern.

»Mit Mitte vierzig bin ich zu alt dafür.«

»So ein Quatsch!«

Alex lachte etwas zu laut und holte Bier. Tom ließ den Blick über die Menge schweifen. Auf dem kleinen Marktplatz zwischen Kirche und Edeka waren mehrere Fressbuden, ein Bierwagen der freiwilligen Feuerwehr und eine kleine Bühne aufgebaut. Der Ortskern war weiträumig abgesperrt worden, damit niemand besoffen durch die Menge fuhr, und Tom hatte den Eindruck, dass nicht nur alle Bewohner dieses Ortes, sondern auch die meisten Menschen aus den umliegenden Gemeinden am Brunnen im Zentrum des Dorfes versammelt waren. Die Sonne schien schräg vom Himmel, und sobald sie unterging, würde es deutlich kühler werden. Die Leute tranken deshalb schon jetzt gegen die Kälte an.

Tom kannte viele Menschen um sich herum vom Sehen. Die meisten Jugendlichen hatten bereits ordentlich getankt und einige der Jungs grölten lauthals herum. Tom fiel ein Junge aus dem Nachbarhaus ins Auge, der völlig besoffen gegen einen Laternenpfahl pinkelte. Seine Freunde standen neben ihm und lachten, als er dabei vor allem seine Schuhe und die Hose traf. Um seine Freunde zu ärgern, drehte der Junge sich um und pisste ihnen direkt vor die Füße, wobei er seinen Schwanz hin und her schwenkte. Alex folgte Toms Blick.

»Kräftiges Geschoss«, sagte er und drückte Tom einen Becher in die Hand. »Damit kann er eine ganze Heerschar von Nachkommen zeugen.«

Das Verhalten der Jungs stieß Tom ab, obwohl er sich mit sechzehn ähnlich aufgeführt hatte. Und ihm war klar, dass die Jugendlichen in der Stadt vermutlich nicht anders waren. Der Prollfaktor ist in dem Alter unabhängig vom Wohnort.

In diesem Moment entdeckte er Pia, die sich angeregt mit einem Mann unterhielt. Tom konnte erst nicht erkennen, mit wem sie sprach, weil er mit dem Rücken zu ihm stand, doch als der Mann sich zur Seite drehte, stockte ihm der Atem. Joschi. Er hatte ihn in den letzten Jahren zwar hin und wieder aus der Entfernung gesehen, hatte jedoch jedes Mal das Weite gesucht. Auch jetzt duckte er sich intuitiv, um einer Begegnung zu entgehen, aber da winkte Pia ihm bereits zu. Joschi wandte sich um und erkannte Tom. Diesen Moment hatte er vermeiden wollen.

Joschi sah noch genauso gut aus wie damals. Schlank, glattrasiert, strahlende Augen. Er war ganz in schwarz gekleidet, seine Hose schmiegte sich an seinen Hintern und versteckte auch auf der Vorderseite wenig. Eine ungewohnte Sehnsucht packte Tom und legte sich wie ein Stein in seinen Magen. Er wollte fliehen. Sofort.

Doch da zog Pia Joschi mit sich auf Tom und Alex zu. Tom sah Joschi an, dass ihm das unangenehm war, er sich aber nicht gegen Pia wehren konnte. Die gab Tom zur Begrüßung einen Kuss auf die Wange.

»Kennt ihr euch noch?«, fragte sie. »Ihr wart doch in der Schule so dick befreundet.«

Joschi begrüßte Tom zurückhaltend und sagte erst mal nichts. Der kannte das noch von früher – Joschi hatte nie besonders viel gesprochen, darin waren sie sich ähnlich. Doch heute war Tom das Schweigen schmerzhaft unangenehm. Er stellte die beiden seinem Kollegen vor und der musterte Joschi sofort eingehen. Sosehr Tom Alex mochte, die unverhohlene Art, wie er jüngere Männer mit seinen Blicken auszog, verwirrte ihn.

»Was machst du denn jetzt?«, fragte Joschi schließlich. »Schiebst du noch brav Akten von rechts nach links?« Er lachte. »Meine Mutter erzählt mir immer haarklein, was mein alter Kumpel tut und wie wohl er sich hier fühlt. Ich glaube, sie wünscht sich jeden Tag, dass ich irgendwann zurückkehre, heirate und sonntags mit ihr in die Kirche gehe.«

Joschis Lachen ging Tom durch Mark und Bein. Genau das hatte er in den letzten Jahren so vermisst. Sie hatten damals in der Schule extrem viel Scheiße gebaut und sich mindestens zehnmal am Tag fast totgelacht. Seit der Abschlussparty hatte Tom dieses Lachen tragischerweise verloren. Es war niemand mehr da, mit dem er so lachen konnte wie mit Joschi.

»Ich kündige Montag und werde ab Oktober in der Stadt studieren«, sagte Tom unvermittelt und vergaß dabei völlig, dass er Pia ja noch gar nicht in seine Pläne eingeweiht hatte.

Die starrte ihn völlig entgeistert an. »Was?«, stammelte sie. »Davon hast du mir gar nichts erzählt.«

Sofort war ihm klar, dass er einen Fehler gemacht hatte. Er hatte ihr nichts von seinen unbestimmten Absichten gesagt, weil er nicht gewusst hatte, ob das wirklich der richtige Weg für ihn war. Vielleicht aber auch, weil er der Konfrontation mit ihr einfach aus dem Weg gehen wollte. Wahrscheinlicher war der zweite Punkt. Und jetzt hatte er sie gleich doppelt verletzt, weil er Joschi einfach so davon erzählte, während er sie zu keinem Zeitpunkt in seine Ideen eingeweiht hatte. Dabei wäre das wirklich angemessen gewesen.

»Hab einfach nicht dran gedacht«, nuschelte Tom verlegen. »Tut mir echt leid.«

»Und wann wolltest du mir sagen, dass du abhaust?«, fragte Pia. »Du kannst doch nicht einfach so entscheiden, allein wegzugehen! Ich bin doch auch noch da!«

»Seid ihr zusammen?«, erkundigte sich Joschi.

»Nein!«, entfuhr es Tom. Und dann etwas milder: »Wir sind gut befreundet.«

»Aber mit mir in die Kiste steigen kannst du! Alles andere ist dir egal«, fauchte Pia. »Du bist echt ein Vollidiot, weißt du das?«

Wütend drehte sie sich um und marschierte weg.

»Pia!«, rief Tom und lief ihr hinterher. Er hielt sie an der Jacke fest, aber Pia schüttelte ihn ab. Unschlüssig blickte Tom ihr nach. Er würde morgen noch einmal in Ruhe mit ihr sprechen, wenn sich ihre Wut etwas gelegt hatte. Das wäre bestimmt sowieso das Beste. Außerdem wollte er weiter mit Joschi reden.

Also marschierte er wieder zu Alex und Joschi zurück. Er ärgerte sich über seine eigene Unfähigkeit. Und über Pia, die viel zu viel von ihm erwartete. »Scheiße!«, fluchte er leise.

»Beziehungsstress?«, fragte Joschi.

»So was in der Art.«

Alex hielt seinen leeren Bierbecher hoch. »Ich hole uns mal Nachschub«, sagte er und schlenderte zum Bierwagen.

»Hast du die Schnauze voll von der Provinz?«, fragte Joschi. »Komm in die Großstadt, da ist alles anders.«

Tom fühlte Hitze in seinem Gesicht aufwallen. Joschi schien sich tatsächlich zu freuen, ihn zu sehen. Und er lebte in der gleichen Stadt, in die auch Tom nun ziehen würde. Natürlich. Selbst wenn Tom gerne behaupten würde, er hätte das vergessen, wusste er doch genau, dass das eine Lüge wäre. Wie hätte er vergessen können, wohin Joschi nach der Schule gegangen war!

»Ich bin direkt nach dem Abi weggezogen und fühle mich sauwohl in der Stadt«, schwärmte Joschi ihm vor.

»Und was machst du dann hier?«

»Meine Eltern besuchen. Und mal wieder Landluft schnuppern.« Joschi betrachtete Tom einen Moment schweigend. »Ich habe versucht, dich zu erreichen, bevor ich weggezogen bin. Warum hast du dich nicht mehr bei mir gemeldet? Ich habe dich seit der Abschlussparty nicht mehr gesehen.«

Tom schoss die Röte vollends ins Gesicht. Er hatte sich ja auch melden wollen. Und dann wieder nicht. Er hatte einfach keine Ahnung, wie er sich Joschi gegenüber verhalten sollte – nach dem Vorfall im Fahrradkeller. Wie ging man mit einem Menschen um, mit dem man im besoffenen und bekifften Zustand so was wie Sex hatte? Auch wenn das damals eigentlich nicht wirklich Sex gewesen war.

Joschi legte Tom den Arm über die Schultern. »Ich freue mich total, dass du in meine Nähe ziehst.« Er strahlte ihn an. »Was willst du denn studieren?«

»Literatur und Filmwissenschaften.«

»Dann werden wir uns vermutlich oft über den Weg laufen. Ich studiere Geschichte. Das Institut ist im gleichen Gebäude wie das der Germanistik.«

Tom fühlte Joschis Haut in seinem Nacken, er roch seinen Duft, den er aus der Zeit kannte, in der sie jeden Tag zusammen waren. Offenbar benutzte er immer noch das gleiche Deo. Der Geruch kitzelte ihn betörend in der Nase. Und er spürte die Verbundenheit mit seinem ehemals besten Freund trotz der zwei Jahre Pause. Da, wo Joschi ihn im Nacken berührte, prickelte die Haut, und Tom wünschte sich, dass Joschi seinen Arm nie wieder wegziehen würde. Doch er wusste, dass das, was er sich insgeheim wünschte, nicht ging. Es war unmöglich.

»Entschuldige, dass ich mich nicht gemeldet habe«, sagte Tom. »Ich war damals etwas durcheinander.«

»Wegen der Sache im Fahrradkeller?«, fragte Joschi und zog jetzt leider doch den Arm zurück. Tom nickte.

»Ging mir ähnlich. Ich habe mich da wohl etwas zu weit vorgewagt.« Er lächelte. »Aber seitdem ist viel passiert.« Er fischte eine Zigarette aus seiner Hosentasche, zündete sie an und nahm einen tiefen Zug. »Für mich war es genau richtig, aus diesem Kaff wegzuziehen. Ich hätte es hier echt nicht länger ausgehalten. In der Stadt habe ich mich dann ziemlich schnell geoutet. Das macht das Leben deutlich leichter.«

»Du bist schwul?«, fragte Tom erstaunt.

Bis gerade hatte er geglaubt, Joschi hätte ihn damals nur aus einer Laune heraus angemacht. Auf dieser Idee basierte seine Entscheidung, sich nicht bei Joschi zu melden. Er hatte geglaubt, dass Joschi ihn aus einer bekifften Anwandlung heraus angefasst hatte. Doch wenn Joschi auf Jungs stand, stellte sich die Situation im Fahrradkeller plötzlich in einem völlig anderen Licht dar.

»Erzähl mir nicht, dass du das nicht geahnt hast!«

Tom war immer noch sprachlos und musste sich überwinden, den Mund aufzumachen.

»Wie denn?«, fragte er leise. »Du hast nie was gesagt.«

»Ist auch nicht leicht aufm Dorf. Guck dich doch mal um!« Er wies auf die besoffenen Jugendlichen. »Kannst du dir vorstellen, dass die mit offenen Armen auf mich zukommen würden, wenn ich ihnen erzähle, dass ich auf Schwänze stehe?«

Alex kam mit drei Bechern Bier zurück.

»Du stehst auf Schwänze?«, fragte er.

»Du auch?«, fragte Joschi zurück.

»Ich bin glücklich verheiratet und habe zwei Kinder.« Alex lachte.

Joschi zog belustigt die Augenbrauen hoch. »Na und? Das eine hat ja nichts mit dem anderen zu tun. Zumindest in der Provinz, wo man so gerne Verstecken spielt.«

»Bist du in einer festen Beziehung?«, mischte sich Tom ungeduldig ein, auch um Alex aus der Verlegenheit zu retten. Und weil ihm plötzlich klar wurde, wie wenig er von Joschi wusste. Jetzt wollte er alles erfahren.

»Hat sich noch nicht ergeben. Aber jetzt kommst du ja in die Stadt. Dann machen wir die schwulen Klubs unsicher.«

»Du willst mich in schwule Klubs mitnehmen?«

»Warum denn nicht? Oder hast du Angst?«

Hatte er Angst? Ja, natürlich hatte er Angst. Oder zumindest war er verunsichert, was ihn an diesen Orten erwartete. Er hatte von K.-o.-Tropfen gelesen, die jungen Männern in die Getränke gekippt wurden, damit sie willenlos wurden. Tom kroch die Befangenheit in den Nacken. Ja, wenn er das richtig betrachtete, dann machte ihm das ein bisschen Angst. Gehörte er da überhaupt hin?

»Also, ich würde mir das mal angucken«, sagte Alex amüsiert.

»Das kann ich mir denken«, erwiderte Joschi und zwinkerte Alex zu.

Der lief rot an und verabschiedete sich mit knappen Worten, um sich etwas zu essen zu besorgen. Schweigend standen Tom und Joschi eine Weile nebeneinander. Tom wollte so viel von Joschi hören, über die Stadt, über die Uni, über sein Leben. Aber er wusste nicht richtig, womit er anfangen sollte.

»Was ist das mit dir und Pia?«, fragte Joschi nach einer Weile.

»Nichts Ernstes«, sagte Tom. »Wir kennen uns ja schon ewig. Sie wohnt nur ein paar Häuser entfernt. Und wir verbringen halt viel Zeit miteinander.«

»Habt ihr Sex?«

Tom stockte. Das war direkt. Kurz überlegte er, zu lügen, entschied sich dann aber dagegen.

»Manchmal«, sagte er also zögernd.

»Aber sie will mehr als du«, schlussfolgerte Joschi.

»Treffer.« Joschi schien ihn trotz der zwei Jahre, die sie sich nicht gesehen hatten, doch noch gut einschätzen zu können. »Eigentlich sollte das was ganz Zwangloses sein. Aber in letzter Zeit hat sich das geändert. Ich will ihr nicht wehtun, aber irgendwie funktioniert das mit uns so nicht mehr.«

Wieder lachte Joschi. »Du musst hier raus. Ich habe dir damals schon gesagt, dass ich deine Idee mit der Ausbildung für Bullshit halte. Du musst in eine andere Umgebung, in die Stadt. Da hast du ganz andere Möglichkeiten.«

»Was meinst du damit?«

»Ach, komm! Tu doch nicht so unschuldig! Du weißt genau, was ich meine.«

»Was denn?«

»Ist dir klar, warum du damals im Fahrradkeller so geschockt reagiert hast? Du hast dich erschreckt, weil ein Junge deinen Schwanz angefasst hast und du das so geil fandest, dass du in die Hose abgespritzt hast.«

Mist! Dann hatte Joschi das damals also doch bemerkt. Tom hatte gehofft, schnell genug aufgesprungen und damit der endgültigen Peinlichkeit entgangen zu sein. Er hatte natürlich nie nachfragen können, ob er mit seiner Vermutung richtig lag. Allerdings hätte er auch nicht gefragt, wenn er Joschi früher getroffen hätte. Ihm war die Episode immer noch peinlich, obwohl sie jetzt schon so lange zurücklag. Umso mehr irritierte es ihn, dass sie hier standen und so locker über alles redeten. Na ja, zumindest war Joschi dabei locker.

»Ich stehe aber nicht auf Schwänze«, sagte Tom schnell und war sich bewusst, dass das so nicht stimmte.

»Natürlich. Ich vergaß.« Joschi lachte erneut und schlug ihm freundschaftlich auf die Schulter.

Als Alex zurückkam, unterbrachen sie das Gespräch, plauderten über Belangloses und tauschten schließlich ihre Telefonnummern aus, damit sich Tom melden konnte, sobald er umgezogen war.

Tom war tatsächlich nie auf die Idee gekommen, dass Joschi schwul sein könnte. Er hatte zwei Jahre lang geglaubt, der sei ihm damals an den Schwanz gegangen, weil er besoffen, bekifft und geil war. Und weil Tom in dem Moment eben da war. So einfach hatte er sich seine Welt zusammengereimt, die jetzt ganz allmählich unterging. Die Titanic hatte den Eisberg gerammt und er suchte wie Jack verzweifelt nach einem Ausweg.

FÜNFTES KAPITEL

ZWEI TAGE SPÄTER hatte Tom immer noch nicht mit Pia gesprochen. Er hatte seine Entscheidung, wegzugehen, so lange vor ihr geheim gehalten, dass er jetzt nicht mehr wusste, wie er ihr das alles erklären sollte. Sie war völlig berechtigt sauer auf ihn, denn selbst wenn er weniger von ihr wollte als sie von ihm, so waren sie doch gut befreundet. Und eigentlich hatten sie sich gegenseitig immer von ihren Plänen und Ideen erzählt. Meistens zumindest. Tom hatte ihr zugegebenermaßen ein paar Dinge vorenthalten. Kleinigkeiten, wie er fand. Das war so seine Art. Aber das mit dem Studium war doch eine Nummer zu groß, als dass er darüber hätte schweigen dürfen.

Er wusste, dass er damit genau das getan hatte, was er nie gewollt hatte: Er hatte Pia zutiefst verletzt. Und jede seiner Erklärungen würde sie noch mehr treffen. Irgendwann würde er ihr sagen müssen, dass er nicht nur an seinem Job und dem Leben in der Provinz zweifelte. Joschi hatte völlig recht gehabt. Tom kämpfte ja mit einem noch viel größeren Thema: Wie war das mit ihm und den Männern? Das konnte er ja noch nicht einmal für sich selbst einordnen. Und wenn Pia sich wirklich ein Leben mit ihm zusammen ausmalte, dann würde das spätestens an diesem Punkt scheitern. Blöderweise hatte er den richtigen Zeitpunkt verpasst, mit ihr darüber zu sprechen. Und mit jedem Tag, den er wartete, wurde es schwieriger, überhaupt irgendeinen Zeitpunkt zum Reden zu finden.

Gerade als er sich am Montagnachmittag nach dem Gemeindefest dazu durchgerungen hatte, sie anzurufen und sich mit ihr zu verabreden, klingelte sein Handy. Die Nummer kannte er nicht und er war ein wenig irritiert, als sich eine Frau aus einem Verlag in der Kreisstadt meldete.

Offenbar hatte sein Vater mal wieder seine Kontakte spielen lassen und den Verleger, mit dem er gelegentlich kegelte, angequatscht, ob er in seinem Verlag nicht eine Stelle für seinen Sohn habe. Und wie der Zufall es so wollte, suchte der Verleger tatsächlich jemanden für die Buchhaltung. Vollzeit und unbefristet. Morgen sollte Tom sich persönlich vorstellen.

Tom war nach dem Telefonat völlig durcheinander. Er hatte gleich heute Morgen seine Kündigung in der Personalabteilung eingereicht und mit dem noch ausstehenden Resturlaub aus dem letzten Jahr war er Ende dieser Woche schon raus aus dem verhassten Amt. Ein Teil seines Plans war, dass er schnell in die Stadt zog, sich ein Zimmer suchte und nach einem Job Ausschau hielt, um vor Beginn des Semesters noch ein bisschen Geld zu verdienen. Damit er nicht schon wieder einen Rückzieher machte. Und jetzt kam ihm sein Vater mit seinen Kontakten dazwischen. Der wusste ganz genau, wie er Tom angeln konnte: mit einem unbefristeten Job in einem Verlag. Überschaubar, sicher. Zwar nicht im Lektorat, was sich Tom eigentlich vorstellte, aber doch schon ziemlich nahe dran. Was sollte Tom denn jetzt tun? Doch wieder alle Pläne über den Haufen werfen?

Er musste mit jemandem reden. Da fiel ihm wieder

ein, dass er Pia eben gerade anrufen wollte. Vielleicht war es ein guter Anfang, mit ihr darüber zu sprechen. Er versuchte es.

Eine halbe Stunde später traf er sie in dem Waldstück, in dem sie in letzter Zeit regelmäßig spazieren gegangen waren. Tom wollte sich nicht mit ihr bei sich zu Hause oder auf ihrem Sofa treffen, auf dem sie in den letzten Monaten manchmal Sex gehabt hatten. Er brauchte die Ruhe des Waldes, denn das, worüber sie reden mussten, war ihm ziemlich unangenehm.

»Was hast du dir dabei gedacht?«, murmelte Pia, als sie nebeneinander hergingen. »Ich habe geglaubt, wir wären uns in der letzten Zeit nähergekommen.«

»Das sind wir doch auch«, erwiderte Tom. »Wir kennen uns schon so lange. Und irgendwie haben wir auch gut zusammengepasst. Es liegt auch gar nicht an dir. Mir ist nur klar geworden, dass ich aus meinem Job rausmuss, und da hatte ich die Idee mit dem Studium. Und irgendwie war das ja auch bis Samstag nur eine Idee, von der ich nicht wusste, ob ich sie wirklich will. Bis die Bestätigung von der Uni kam. Ich habe mich einfach nicht getraut, dir davon zu erzählen.«

»Aber du kannst mir das doch nicht so Knall auf Fall vor anderen Leuten erzählen! Du hättest mir das allein sagen müssen. Ohne andere, die jetzt wer weiß was denken. Wie steh ich denn jetzt da?«

Tom musste sich eingestehen, dass er sich wie ein Idiot verhalten hatte. Auf dem Gemeindefest war er mit Joschi schon völlig überfordert gewesen. Sein alter Kumpel hatte seine ganze Aufmerksamkeit auf sich gezogen und alte Gefühle und Erinnerungen an die Oberfläche gespült, die alles andere einfach überdeckt hatten. Pias Gefühle hatte er dabei blöderweise einfach vergessen.

»Das tut mir wirklich leid«, sagte er entschuldigend.

»Und jetzt ist Schluss? Einfach so?«

Tom schwieg. Was sollte er dazu sagen?

»Ach, Scheiße«, schimpfte Pia leise.

Tom hatte das Bedürfnis, sie in den Arm zu nehmen, befürchtete jedoch, dass Pia das abwehren würde. Er verstand sie ja so gut. Er wäre auch stinksauer, wenn ihm jemand aus heiterem Himmel einen Korb geben würde. Also lief er weiter mit hängenden Schultern neben ihr her.

»Und was machst du jetzt?«, fragte Pia.

»Ich habe vorhin einen Anruf bekommen.«

Dann erzählte Tom ihr von dem Angebot. Und von seinen Zweifeln, ob seine Entscheidung, wegzugehen, richtig war. Pia hörte ihm skeptisch zu, stellte hin und wieder kurze Fragen, ließ ihn aber ansonsten einfach reden.

Tom vertraute Pia und sie vertraute ihm und das, obwohl er ihr die Studienidee verheimlicht hatte. Sie hatten in den letzten Monaten so viel Zeit miteinander verbracht, dass sie sich ziemlich gut lesen konnten. Und plötzlich erschien Tom der Gedanke, mit Pia so etwas wie eine Beziehung zu führen, gar nicht mehr so abwegig. Vielleicht sollte er es einfach versuchen und den Gedanken, den Joschi ihm wieder frisch in den Kopf gepflanzt hatte, da könne doch noch was mit Männern laufen, als seltsame Anwandlung in die Verbannung treiben. Aber davon wollte er jetzt nicht sprechen. Das war zu viel auf einmal für ihn.

Als er von den Zweifeln an dem jetzigen Job und an seinen Entscheidungen erzählt hatte, nickte Pia nachdenklich. Tom spürte, dass sie etwas zurückhielt.

»Was ist los?«, fragte er. »Dich beschäftigt doch auch etwas.«

»Ich war bis vorhin davon überzeugt, dass ich dir das nicht erzählen sollte. Aber jetzt bin ich unsicher.«

»Bist du …?«, fragte Tom erschrocken.

»… schwanger?«, beendete Pia seinen unvollendeten Satz. Sie lachte. »Nein. Keine Sorge. Ich weiß, was ich tue.« Sie musterte Tom eingehend. »Da ist was ganz anderes. Das Grundstück neben dem Haus meiner Eltern, das kennst du doch, oder?«

»Auf dem deine Mutter immer Kartoffeln pflanzt?«

Pia lachte und nickte. »Das wird nicht mehr lange gehen. Das Grundstück steht zum Verkauf.«

»Ach, wie blöd. Dann müsst ihr wohl bald Kartoffeln aus dem Supermarkt essen.«

»Das ist nicht der Punkt.« Pia atmete tief durch. »Mein Vater hat vorgeschlagen, es zu kaufen. Er würde es an mich überschreiben. Oder an uns. Wenn du willst.«

Bämm! Da war es: Das Eigenheim, von dem alle hier träumten. Gerade hatte er noch in Erwägung gezogen, es doch mit Pia zu versuchen. Aber die Vorstellung, ein Haus zu bauen – neben dem Haus ihrer Eltern –, das schnürte ihm augenblicklich den Hals zu. Dann würde er so werden wie alle anderen hier im Dorf, die es nicht über die Gemeindegrenze hinaus schafften.

»An uns?«, fragte er vorsichtig.

»Ach, komm schon, Tom, stell dich nicht naiver an, als du bist. Das halbe Dorf hat mitgekriegt, dass wir was miteinander haben. Egal, wie wir es nennen. Natürlich wissen meine Eltern davon. Deine im Übrigen auch. Und meine Eltern mögen dich. Sie würden sich freuen, wenn du ein Teil der Familie würdest.«

»Ist das jetzt so was wie ein Heiratsantrag?« Tom

lachte verunsichert und schluckte seine widersprüchlichen Gefühle herunter.

»Kein Mensch muss heute noch heiraten. Dafür gibt es Verträge. Du bist Single, ich bin Single, wir haben Sex, wir mögen uns, ich habe einen guten Job, du hast gerade einen guten Job angeboten bekommen. Was willst du denn noch mehr?«

»Und dann bauen wir neben deinen Eltern ein Haus, in dem wir unsere Kinder großziehen?«

»Sieh das doch mal nicht so sachlich. Was spricht denn gegen ein bisschen Glück?«

Toms Gedanken rasten chaotisch durcheinander. Erst das Jobangebot, jetzt die Idee von Pia. Ihm wurde ein geregeltes Leben quasi auf dem Silbertablett serviert. Sollte er da nicht sofort zugreifen? Doch in ihm sträubte sich etwas, was er nicht genauer definieren konnte. Denn nicht er war es, der sachlich war. Es war Pia. Der Weg zum Glück schien ihrer Beschreibung nach weder Höhen noch Tiefen zu haben. Er war schnurgerade. Er musste ein bisschen Zeit schinden.

»Aber so ein Hausbau kostet eine ganze Menge Geld«, warf er ein.

»Wir verdienen zusammen genug. Und du weißt, wie die Leute hier sind: Die packen alle mit an. An den Wochenenden wird die Baustelle voll sein, weil alle sehen wollen, wo wir unser Schlafzimmer einrichten.« Pia lachte.

»Dann ist das für dich eine Vernunftentscheidung?«

»Nicht nur. Tom, ich hab dich wirklich gern.« Pia sah ihm in die Augen.

»Ich muss darüber nachdenken.«

Sie seufzte. »Natürlich. Lass dir aber nicht zu viel Zeit! Das Grundstück steht nicht ewig zum Verkauf.«

Ein ruhiges, sicheres Leben auf dem Dorf oder der Neuanfang in der Stadt? Toms Gedanken schwirrten auf dem Heimweg ständig zwischen diesen beiden Polen hin und her. Wenn der neue Job tatsächlich reizvoll war, dann war es vielleicht falsch, jetzt die Heimat zu verlassen. Und die Gelegenheit mit dem Grundstück kam auch nicht alle Tage. Die meisten Häuser wurden in einer Neubausiedlung im Norden des Dorfes gebaut. Sie waren modern und vor allem junge Familien zog es dorthin.

Neben Pias Elternhaus war der Bauplatz etwas anderes. Von dort hatte man einen weiten Blick durch das Tal und die Landschaft der Umgebung. Bis zum Wald waren es nur ein paar Schritte, seine Eltern wären weit genug entfernt, als dass sie sich ständig begegnen und auf die Nerven gehen würden. Pias Eltern waren ganz erträglich. Und wenn erst einmal Kinder da waren, würden sowohl Pias als auch seine Eltern sie jederzeit unterstützen.

Mein Gott! Er hatte noch nie an eigene Kinder gedacht. Er war doch im Grunde selbst noch ein Kind. Zumindest fühlte er sich ganz und gar nicht erwachsen.

Er brauchte nur zuschlagen und hätte exakt das, wovon hier alle träumten. Alles sprach dafür, genau das zu tun. Endlich würde er die Verantwortung für sein Leben übernehmen, die sein Vater so oft von ihm einforderte. In der Stadt müsste er sich sein Leben komplett neu aufbauen. Das Studium, ein Job, eine Wohnung, Freunde – es würde sicherlich lange dauern, bis er in der neuen Umgebung einigermaßen Fuß gefasst hätte. Demgegenüber wäre die Entscheidung für den Verlag, für Pia und das Grundstück ein Fliegenschiss. Oder etwa nicht?

SECHSTES KAPITEL

»ICH DACHTE, DU hättest dich längst entschieden«, sagte seine Mutter, als er etwas später mit ihr in der Küche stand. »Was ist mit deiner Befürchtung, hier in der Provinz einzugehen?«

Tom hatte ihr von dem Job und dem Angebot von Pias Vater erzählt. Und von seinen Zweifeln. Er wischte mit der Hand über die Oberfläche des Tisches. Was wollte er denn eigentlich? Sicherheit? Die sein Vater ständig predigte. Oder so etwas wie Selbstverwirklichung, wonach er sich sehnte, ohne genau zu wissen, was das eigentlich hieß?

»Was spricht denn dagegen, hier im Dorf zu bleiben?«, fragte er. »Ihr seid beide hier in der Gegend geboren und habt nie woanders gelebt. Das sagt Papa doch immer.«

Seine Mutter sah ihn nachdenklich an. Dann nickte sie. »Das stimmt. Und manchmal frage ich mich, ob das der richtige Weg für mich war.« Sie schenkte sich eine Tasse Kaffee ein und setzte sich an den Küchentisch. »Meine Eltern wollten nicht, dass ich studiere. Du kennst den Bauernhof ja, auf dem ich aufgewachsen bin und den dein Onkel übernommen hat. Für meinen Vater war immer klar, dass ich mal einen Landwirt heirate und mit ihm zusammen einen Hof bewirtschafte. Dass ich eine Ausbildung zur Friseurin gemacht habe, war für ihn schon ein Skandal. Und dass ich mich mit deinem Vater für einen Mann entschieden habe, der in einer Bank arbeitet und kein Bauer ist, hat damals für viel Ärger gesorgt.«

Das hatte Tom nicht gewusst. Er hatte immer geglaubt, seine Mutter hätte sich bewusst für das Leben im Dorf entschieden. Dass sie andere – eigene – Wünsche und Ziele gehabt hatte, war ihm nie in den Sinn gekommen.

»Wolltest du studieren?«

»Biologie hat mich immer sehr interessiert. Aber Opa hat mich davon überzeugt, dass ich dazu nicht intelligent genug bin. Ich habe ihm geglaubt. Also habe ich früh geheiratet, die Ausbildung gemacht ... und dann bist du gekommen.«

Gedankenversunken sah seine Mutter aus dem Fenster. Sie spielte mit einem Halstuch herum, das sie immer wieder um ihre Finger wickelte.

»Und jetzt bereust du das?«, fragte Tom nach.

»Ja.« Seine Mutter wandte sich ihm zu. »Ich hätte mich damals gegen meinen Vater stellen und weggehen sollen. Dann wäre ich heute glücklicher.«

Tom verunsicherte dieses Geständnis.

»Aber du hast doch alles, was du brauchst?«

Kopfschüttelnd sah ihn seine Mutter an und seufzte.

»Den Haushalt? Ein paar Stunden pro Woche im Friseursalon? Der Kirchenchor? Vielleicht gibt es Menschen, denen das reicht. Mich erfüllt es nicht.«

»Und die Sicherheit?«

»Sicherheit gibt es nie. Was ist, wenn ich morgen bei einem Unfall ums Leben komme? Dann habe ich in meinem Leben nichts erreicht.«

Zum ersten Mal verstand Tom, wieso seine Mutter

hin und wieder in depressive Phasen eintauchte. Wenn sie ihre eigenen Wünsche nie erreicht hatte, dann konnte sie auch nicht glücklich sein. Allerdings hatte Tom nie darüber nachgedacht, ob sie mit ihrem Leben glücklich war. Vielleicht dachten Kinder viel zu selten darüber nach, was ihre Eltern wirklich vom Leben wollten.

»Dann fang doch jetzt noch etwas Neues an! Du kannst alles machen, was du willst.«

»Das würde niemand verstehen. Und dein Vater würde mich für verrückt erklären.« Sie griff nach Toms Händen und sah ihn an. »Mach das nicht so wie ich. Nimm dein Leben in die Hand, solange du es kannst. Geh auf Reisen, zieh in eine andere Stadt, such dir meinetwegen da einen interessanten Job. Aber lass dich nicht von den Angeboten hier verlocken, wenn du eigentlich etwas ganz anderes willst.«

»Was ist mit Pia?«, warf Tom ein.

»Bist du mit ihr zusammen? «

»Ich könnte es mit ihr versuchen.«

»Liebst du sie? Es mit ihr *versuchen* zu wollen, reicht nicht. Ihr baut zusammen etwas auf, was sich dann später nicht einfach so wieder rückgängig machen lässt. Überleg dir gut, was du tust. Wer in der Enge dieses Dorfes bleibt, wird sich nicht entfalten. Hier kannst du nichts tun, ohne dass sich die anderen das Maul darüber zerreißen.«

Tom schoss der Gedanke durch den Kopf, dass er mit seiner Mutter von der Anziehungskraft sprechen konnte, die Männer auf ihn ausübten. Gegenüber Pia hatte er sich immer noch nicht getraut, darüber zu reden. Er wusste einfach nicht, wie die Menschen, die er liebte, damit umgehen würden. Außerdem war er total unsicher, ob das alles nicht völliger Quatsch war. Vielleicht bildete er sich das ja nur ein? Er kannte keinen Mann, der das Gleiche fühlte. Abgesehen von Joschi, und der war weit weg in der Stadt.

»Worüber sprecht ihr?«, fragte Toms Vater, der zur Küchentür hereinkam. »Hat der Verlag dich angerufen?«

Mit der Ankunft seines Vaters war die Chance vorbei, mit seiner Mutter zu sprechen. Vor beiden zusammen konnte er das Thema nicht aufgreifen. Dazu fehlte ihm der Mut.

»Hast du das eingefädelt?«, fragte Tom seinen Vater.

Sein Vater hängte den Hausschlüssel auf, stellte die Schuhe ins Regal, trat zur Spüle und trank einen Schluck Wasser. Dann drehte er sich zu seiner Frau und seinem Sohn herum.

»Du wolltest doch in einem Verlag arbeiten«, sagte er selbstgefällig.

»Das ist eine von vielen Ideen. Wenn ich in einen Verlag gehe, dann hatte ich mir das in einer anderen Funktion vorgestellt. Nach dem Studium.«

»Und du glaubst, dass das so einfach ist?«, brauste sein Vater auf, beruhigte sich aber sofort wieder. »Wenn du in der Buchhaltung anfängst, dann bist du ja schon mal drin und kannst auch in eine andere Abteilung wechseln.«

Tom stöhnte. Ihm schwirrte der Kopf. Er wusste doch selbst nicht richtig, was er wollte. Wie sollte er dann seinem sturen Vater erklären, was er sich wünschte?

»Das sind doch völlig unterschiedliche Jobs«, sagte er müde. »Aus der Buchhaltung wechselt man nicht einfach so in die Redaktion.«

»Dann weiß ich auch nicht mehr, was du willst.«

Sein Vater wandte sich mürrisch um und füllte sein

Glas noch einmal mit Wasser. Tom wusste, dass er ihn enttäuschte. Aber er konnte ja nicht sein Leben danach ausrichten, ob er es seinem Vater recht machte.

»Und Pia?«, fragte sein Vater weiter und lehnte sich an die Anrichte. »Das ist doch ein nettes Mädchen. Willst du die einfach so fallen lassen? Nach allem, was passiert ist?«

»Was meinst du?«, erkundigte sich Tom kleinlaut.

»Ihr seid doch ein Paar. Die Leute reden über euch.« Toms Vater machte eine Pause. »Was ist mit dem Grundstück?«

»Davon weißt du also auch?«

Seine Mutter und Pia hatten recht: In diesem Dorf blieb nichts geheim. Das Wissen des Einzelnen war sofort Allgemeinwissen. Das würde sich auch nicht ändern. Und das hier sah zusätzlich auch noch wie ein Komplott aus, das gegen ihn geschmiedet wurde. Offenbar war für alle anderen klar, dass er Pia heiraten, mit ihr Kinder kriegen und ein Haus bauen würde. Tom spürte die Enge des Dorfes und die Erwartungen der Menschen um sich herum wie eine Schlinge, die sich um seinem Hals immer enger zuzog.

»Ich habe mit ihrem Vater die Finanzierung durchgerechnet«, sagte sein Vater jetzt. »Er war bei mir in der Bank, um wegen eines Darlehens nachzufragen. Ich habe ihm außer der Reihe besonders gute Konditionen angeboten. Bleibt ja in der Familie.«

Tom drückte sich vom Küchenstuhl hoch und sah seinen Vater fassungslos an. Das konnte nicht wahr sein.

»Was habt ihr denn noch alles hinter meinem Rücken eingefädelt? Das ist doch völlig absurd. Ist dir nie die Idee gekommen, mich einfach mal zu fragen, ob ich das überhaupt will?«

Mit einem Knall stellte sein Vater das Wasserglas ab und trat einen Schritt auf Tom zu.

»Wir fragen dich doch jetzt!«

»Pia hat mich gefragt! Nicht du!«

Tom wandte sich um und ging in den Flur. Er musste hier raus. Diese Situation war völlig unerträglich.

»Ich habe damals so ein Angebot nicht bekommen! Ich musste mir alles selbst erarbeiten!«, rief sein Vater ihm nach. »Du hingegen kriegst alles nachgeworfen!«

Tom wandte sich um und starrte seinen Vater an. Meinte der das ernst?

»Ich habe dich nie darum gebeten, mein Leben zu planen!«, schrie er seinen Vater an.

»Wie hast du dir das denn sonst vorgestellt?«, entgegnete der. »Du lebst hier im Haus, sprichst so gut wie nicht mehr mit uns, es sei denn, du jammerst über deinen Job. An einem Tag willst du unbedingt in der Verwaltung arbeiten, dann wieder in einem Verlag und jetzt willst du studieren. Was ist es morgen? Wieder etwas ganz anderes? Werd erwachsen! Du musst dich endlich mal entscheiden!«

Seine Mutter schüttelte stumm den Kopf, als wollte sie Tom andeuten, dass sich diese Diskussion nicht lohnte. Aber sein Vater wartete offenbar auf eine Antwort.

»Du hast keine Ahnung, was mich beschäftigt«, sagte Tom aufgebracht. »Ja, ich wollte nach dem Abi in die Verwaltung, weil ich mir nicht vorstellen konnte, hier wegzugehen. Seitdem sind zwei Jahre vergangen und jetzt will ich was Neues. Das ist schließlich mein Leben!«

Sein Vater wandte sich verständnislos ab und sagte: »Dann mach doch, was du willst! Ich geb's auf.«

Er holte sich ein Bier aus dem Kühlschrank, marschierte ins Wohnzimmer und ließ sich in seinem Sessel fallen, in dem er jeden Abend saß, um pünktlich die Tagesschau zu gucken. Tom blickte ihm wütend nach und ihm wurde schlagartig klar, dass er nie im Leben so enden wollte wie sein Vater.

»Scheiße!«, schimpfte er, schnappte sich seine Jacke und marschierte aus dem Haus. Er brauchte frische Luft.

Er musste eine Entscheidung fällen. Damit hatte sein Vater recht. Morgen war das Vorstellungsgespräch im Verlag. Vielleicht brachte das ein bisschen Klarheit in seinen Kopf. Absagen konnte er immer noch.

SIEBTES KAPITEL

DIE NACHT WAR unruhig. Tom drehte sich in seinem Bett ständig hin und her, dachte über das Für und Wider der Angebote aus dem Verlag und von Pias Vater nach, ging dreimal pinkeln, versuchte, sich einen runterzuholen – er fand einfach keine Ruhe. Ziemlich zerknittert stürzte er morgens seinen Kaffee herunter und stahl sich aus dem Haus, weil er seinem Vater nicht begegnen wollte.

In der Einfahrt wartete Pia. Sie sah ein bisschen gehetzt aus und kam sofort zum Punkt.

»Ich weiß, dass dich das jetzt unter Stress setzt, aber es gibt einen weiteren Interessenten für das Grundstück. Er hat ein höheres Angebot abgegeben. Mein Vater hat bei dem Besitzer noch was gut, muss sich aber bis heute Mittag entscheiden.«

Tom war wie vor den Kopf geschlagen. Sein Hirn arbeitete noch auf Sparflamme und trotzdem konfrontierte Pia ihn mit harten Fakten.

»Das heißt, wir müssen heute entscheiden, ob wir die nächsten Jahrzehnte miteinander verbringen und ein Haus bauen?«, folgerte er.

»Ist die Vorstellung denn so schlimm?«

Tom sah sie entgeistert an. Sie hatten doch erst gestern zum ersten Mal darüber gesprochen. Unruhe arbeitete sich an seinem Rückgrat hinauf und ließ seine

Kopfhaut kribbeln. Er raufte sich die Haare, um das Gefühl loszuwerden. Konnten ihn die Leute nicht einfach mal in Frieden lassen? Er wollte nicht mehr nach den Vorstellungen und Erwartungen anderer agieren. Aber was waren denn seine eigenen? Was wollte er eigentlich?

»Und?«, fragte Pia. »Was sollen wir ihm sagen?«

»Willst du das denn? Mit mir ein Haus bauen? Die nächsten fünfzig Jahre zusammenleben? Ist das wirklich Glück?«

»Du kannst auch einfach alles hinschmeißen und dich verstecken, wie du das immer machst! Du drückst dich doch nur vor jeder Entscheidung oder erwartest, dass jemand anderes sie für dich trifft!«, antwortete sie aufgebracht. »Werd erwachsen!«

Tom konnte diesen Satz nicht mehr hören, der an ihm zu hängen schien wie eine Klette. Aber er hatte keine Kraft, gegen alle anderen zu kämpfen. Entmutigt ließ er die Schultern hängen.

»Na gut, dann sag ihm, dass er das Grundstück kaufen soll«, murmelte er.

Tom setzte seinen Helm auf und ging auf seinen Roller zu. Seine Beine waren wie Pudding und er hatte das Gefühl, gleich umzukippen. Ihn überforderte diese Frist völlig. Pia kam hinter ihm her und stellte sich ihm in den Weg.

»Sicher?«, hakte sie nach.

»Ja. Ich muss jetzt los. Mein Chef macht mich zur Schnecke, wenn ich in der letzten Arbeitswoche auch noch zu spät komme.«

»Du solltest die Kündigung zurückziehen, solange du nicht weißt, ob das mit dem neuen Job klappt.«

Tom setzte sich auf den Roller und versuchte, den

Schlüssel ins Zündschloss zu stecken, verfehlte es aber immer wieder.

»Alles gut bei dir?«, fragte Pia und trat neben ihn.

»Mach dir keine Gedanken. Ich bin nur noch ein bisschen müde.«

Endlich traf er das Schloss und startete die Vespa. Er nickte Pia zu, ließ den Motor aufheulen und schoss auf die Straße. Ein schwarzer Audi erwischte ihn beinahe und bremste im letzten Moment scharf. Tom raste in einem Bogen um das Auto herum, drehte die Geschwindigkeit so hoch wie möglich und jagte über die Hauptstraße. Ein riesiger Klumpen wie aus schwerem Lehm lag ihm im Bauch. Er raste die Straße entlang und verlor kurz die Kontrolle über seinen Roller, legte sich fast auf die Klappe, doch er fing sich wieder, bevor er in den Straßengraben fuhr.

Tränen verschmierten seine Sicht. Das Visier des Helms beschlug auf der Innenseite. Als Tom sich dem Waldstück in der Talsenke näherte, drosselte er die Geschwindigkeit. Er musste sich ja jetzt nicht gleich umbringen. An dem kleinen Rastplatz bei der Einfahrt zum See stoppte er und stieg vom Roller. Er riss sich den Helm vom Kopf und schleuderte ihn in den nächsten Busch. Und dann heulte er hemmungslos.

Was hatte er getan? Er hatte gerade alles über den Haufen geworfen, was er sich in den letzten Monaten erträumt hatte. Wenn Pias Vater das Grundstück kaufte, konnte er nicht mehr zurück.

Sein Handy klingelte. Tom zog es aus der Hosentasche und sah auf das Display. Sein Chef. Er wischte sich über die Augen und nahm den Anruf an.

»Bist du nicht ganz bei Trost?«, brüllte sein Chef ohne Begrüßung. »Du kannst nicht einfach zum Ende der Woche abhauen und uns mit deinen Aufgaben allein lassen!«

Pia hatte gesagt, er solle die Kündigung zurückziehen. Wenn er vernünftig war, dann würde er genau das jetzt tun.

»Beweg deinen Arsch sofort hierher und mach dich an die Arbeit! Du bist schon wieder zu spät. Das gibt eine Abmahnung!«

Er sollte sich wirklich beeilen. Er hatte schon eine Abmahnung erhalten, und wenn er nicht aufpasste, konnte sein Chef ihm Steine in den Weg legen. Bei dem Gedanken tat sich ein tiefer Abgrund vor ihm auf. War es denn das, was ihn beunruhigte?

»Ich bin krank«, sagte Tom. »Ich komme heute nicht zur Arbeit.«

Dann beendete er das Gespräch.

Sein Chef rief ihn sofort wieder an, aber Tom nahm das Gespräch nicht an. Stattdessen tippte er auf Pias Handynummer und holte Luft, bevor sie sich meldete.

»Sag deinem Vater ab«, sagte er. »Ich kann das nicht.«

»Tom! Was ist los?«, fragte Pia.

»Ich will das alles nicht. Ich muss hier raus. Tut mir leid.«

»Wo bist du?«

»Ich bin auf dem Weg in die Stadt.«

»Mit dem Roller?«

»Ich fahre zum Bahnhof und dann mit dem Zug weiter.«

»Soll ich zu dir kommen? Wo bist du gerade?«

»Ich melde mich. Mach dir keine Sorgen.«

»Tom ...«

Fassungslos starrte Tom auf sein Handy. Er hatte es getan. Er hatte eine Entscheidung getroffen. Und es fühlte sich richtiger an als alles, was er in den letzten zwei Jahren gemacht hatte. Er atmete tief durch und öffnete sein E-Mail-Programm. Mit wenigen Worten sagte er den Job im Verlag ab. Dann wühlte er in seinem Rucksack, fand die Unterlagen für die Uni, die er schon am Wochenende eingepackt hatte, weil er in den nächsten Tagen in die Stadt fahren und sich einschreiben wollte, zog seinen Helm aus dem Gebüsch, setzte sich auf seinen Roller und fuhr zum Bahnhof.

Als er die Vespa abgestellt hatte und in das Bahnhofsgebäude hineinging, sah Tom, dass sein Vater zweimal versucht hatte, ihn anzurufen. Pia hatte ihn vermutlich über seine Entscheidung informiert. Aber das war ihm jetzt egal. Er kaufte das Zugticket, schloss den Helm in einem Schließfach ein und schaltete sein Handy aus. Der nächste Zug in die Stadt fuhr in zwanzig Minuten.

Mit einem Kaffeebecher in der Hand stand Tom kurz darauf am Gleis und wartete ungeduldig auf den Zug. Seine Hände zitterten und er sah immer wieder auf die Bahnhofsuhr, die sich wie in Zeitlupe zu bewegen schien. Zeitgleich mit dem Nahverkehrszug erreichte sein Vater den Bahnsteig.

»Was tust du hier?«, blaffte er Tom atemlos an. »Steckst du schon wieder den Kopf in den Sand, anstatt vernünftige Entscheidungen zu treffen?«

Tom ging auf die sich öffnende Zugtür zu.

»Im Gegenteil. Ich lebe mein eigenes Leben.«

Er kletterte die Stufen hoch. Sein Vater hielt ihn am Arm zurück.

»Du kannst nicht einfach abhauen!«

Die anderen Passagiere, die ebenfalls einsteigen wollten, wurden ungeduldig und schoben sie vor sich her.

»Doch, das kann ich«, entgegnete Tom und schüttelte die Hand seines Vaters ab. »Ich bin erwachsen und entscheide selbst.«

»Das kannst du doch gar nicht. Das hast du noch nie getan!«

»Dann tue ich es jetzt!«

Ohne sich noch einmal nach seinem Vater umzusehen, ging er tiefer in den Zug hinein und suchte sich einen Sitzplatz. Draußen stand sein Vater, schrie herum und gestikulierte wild. Die Türen schlossen sich piepsend und der Zug ruckte an. Er ließ sein altes Leben hinter sich. Erschöpft krümmte er sich im Sitz zusammen und schloss die Augen.

Zwei Stunden lang schoss die Landschaft an Tom vorbei. Wälder und kleine Ortschaften blieben hinter ihm zurück. In der nächstgrößeren Stadt war er in einen ICE umgestiegen. Der Zug fuhr über eine lange Brücke, hielt an Bahnhöfen, raste durch Felder. Menschen drängten sich durch die Gänge des Zuges, setzten sich, standen wieder auf. Tom starrte die ganze Zeit aus dem Fenster und sah all das, ohne es wirklich wahrzunehmen.

Er hatte die Brücken hinter sich zerschlagen und konnte nicht mehr zurück. Pia war bestimmt stinksauer auf ihn. Sein Vater sowieso. In dem alten Job sah er keinen Sinn mehr. Den neuen hatte er gerade abgesagt.

Vor ihm lag eine neue Welt. Die Großstadt. Das Studium. Andere Menschen. Und endlich die Verantwortung für sich selbst. Ganz langsam wurde Tom klar, dass er wirklich auf dem Weg in sein eigenes Leben war.

Er nickte erschöpft in der Ecke seines Sitzes ein.

Die Stadt empfing Tom mit Dreck und Lärm. Er kämpfte sich über den vollen Bahnsteig, wich Koffern und Tauben aus, die alles vollkackten. Die Menschen drängelten durch den Bahnhof, hetzten an ihm vorbei und schienen alle ein Ziel zu haben. Tom hingegen hatte kein Ziel. Es war kurz nach elf Uhr an einem Dienstagvormittag mitten im September. Draußen erhob sich der mächtige Dom in den Himmel. Obdachlose schnorrten Tom um Kleingeld an. Ein Stricher rannte in ihn hinein und zischte ihm eine obszöne Beleidigung zu. Und Tom versuchte, sich zu orientieren. Sein Impuls regte ihn zur Flucht an, seine Angst mahnte, zurückzufahren, direkt wieder in den nächsten Zug zu steigen, um dem Chaos der Großstadt zu entfliehen. Aber er blieb.

Er war schon einmal in der Stadt gewesen. Aber das war bestimmt zehn Jahre her. Ein Schulausflug in irgendein Museum. Er erinnerte sich kaum noch daran. Was sollte er jetzt tun? Wenn er hierbleiben wollte, brauchte er eine Bleibe. Ein Zimmer. Eine Wohnung. Vermutlich würde es erst einmal eine billige Pension werden, bis er etwas Richtiges fand. Und er musste zur Uni, um sich einzuschreiben. Das hatte zwar noch ein paar Tage Zeit, aber zumindest hatte er damit ein Ziel.

Also beschloss er, in der Karten-App auf seinem Handy nach dem Campus zu suchen. Als er das Telefon wieder anstellte, kamen sechzehn WhatsApp-Nachrichten und vier Mitteilungen über verpasste Anrufe rein. Sein Vater, Pia, Alex. Er ignorierte sie alle.

Er fand die Uni auf der Karte, stieg zur U-Bahn runter und atmete den Gestank des Tunnels ein. Aber weder der Dreck noch die vielen Menschen noch der Geruch störten ihn. Sie waren der Beweis dafür, dass er etwas Neues begann.

Er musste umsteigen, sich jedes Mal erneut orientieren, fuhr zweimal in die falsche Richtung, bis er endlich an der Haltestelle *Universität* aus einer Bahn ausstieg und auf das Hauptgebäude der Uni zusteuerte.

ACHTES KAPITEL

VOR DEM GEBÄUDE stand eine Skulptur, ein grübelnder Mann, der den Gründer der Universität darstellen sollte, wie Tom bei einer kurzen Recherche herausfand. Er war also nicht der Einzige, der grübelte. Hier, im Hauptgebäude, war auch das Sekretariat. Die Einschreibung funktionierte problemlos. Immerhin besiegelte er damit seinen Eintritt in die akademische Laufbahn. Mit einem Brötchen und einem Kaffee aus der Cafeteria setzte er sich auf eine Betonmauer mitten auf dem Campus und reckte sein Gesicht der Sonne entgegen. Er war angekommen.

Neben ihm hatten Architekten in den 1970er-Jahren einen Haufen Beton und Stahl stehen lassen und das Ensemble *Philosophikum* genannt. *Hässlich* war das Erste, was ihm dazu einfiel. Aber dort würde er wohl in den nächsten Jahren viel Zeit verbringen, wenn er den Informationen auf der Website der Uni Glauben schenken durfte. Überall auf dem Platz saßen Studenten, obwohl das Semester noch gar nicht angefangen hatte. Wie es hier wohl sein würde, wenn die Semesterferien vorbei waren? Tom durchflutete unverhoffte Vorfreude auf das, was ihn erwartete. Plötzlich schienen ihm die Erlebnisse in seiner Heimat so weit entfernt, dass er lächelte. Ein Student ging an ihm vorbei, betrachtete ihn und zwinkerte ihm zu. Die Stadt war nicht ohne Grund für seine schwule Szene bekannt. Nun, damit konnte er leben. Zumindest versprach das deutlich mehr Offenheit als die Provinz, vor der er gerade floh.

Tom musste allerdings noch eine Menge regeln, bevor er sich zurücklehnen konnte. Als Erstes brauchte er eine passable Unterkunft. Er warf den leeren Kaffeebecher in einen Mülleimer und schlenderte ins Philosophikum. Hier war es düster, weil die Decken niedrig hingen und die Fenster kaum Licht hereinließen. Tom entdeckte große Aushangbretter. Er las die Angebote für Jobs und gebrauchte Bücher, bis er den Bereich mit dem Wohnungsmarkt fand.

Die meisten Zimmer waren für ihn viel zu teuer. Zwei Monate bekam er zwar noch das Geld von seiner Verwaltungsstelle, aber was dann war, wusste er noch nicht. Wie sollte er sich diese Preise jemals leisten? In seiner Heimat konnte man ein ganzes Haus mit Garten für den gleichen Preis mieten, den er hier für ein Fünfzehn-Quadratmeter-Zimmer in einer WG hinblättern musste. Er verlor für einen Moment den Mut. Er wünschte sich, dass ihm irgendjemand half. Aber er war allein. Dann stieß er auf zwei Anzeigen für WG-Zimmer, die in sein Budget passten. Er zückte sein Handy und rief sofort an. Dabei stellte sich heraus, dass beide WGs im Süden der Stadt lagen, nicht einmal weit voneinander entfernt. Er mietete sich einen der Leihroller, die überall auf dem Campus herumlagen, und fuhr los. Vielleicht hatte er ja heute schon Glück.

Die erste WG war eine Katastrophe. Also die Wohnung war grundsätzlich der absolute Hit. Ein helles Loft, sogar mit einem kleinen Balkon. Vier Zimmer, drei davon vermietet an BWL-Studenten. Das vierte war

winzig klein und stand frei. Als Tom in die WG hereinkam, war nur einer der potenziellen Mitbewohner da
und machte gerade eine ältere Frau mit osteuropäi-
schem Akzent zur Schnecke. Offenbar war sie die Putzfrau und hatte in seinem Zimmer die Fenster nicht so
geputzt, wie er sich das vorstellte.

»Man muss ihr alles ganz genau erklären, sonst kapiert sie das nicht«, sagte er zu Tom, während die Frau
wortlos aus der Tür ging und alles mitbekam. »Ich bin
Georg«, fuhr er fort und reichte Tom die Hand.

Tom fand ihn abstoßend. Es war nicht das gebügelte
T-Shirt mit dem Schriftzug Hollister, auch nicht das etwas ausdruckslose Lächeln oder die Art, wie er Toms
Kleidung begutachtete. Aber zusammen mit einem
Händedruck, der sich anfühlte, als reiche er ihm einen
toten Fisch, und dem vorangegangenen Gespräch mit
der Putzfrau löste all das in Tom einen Fluchtreflex aus.
Georg zeigte ihm die Wohnung, wies ihn auf die Regeln
hin, zählte die zusätzlichen Kosten für die Putzfrau und
den Lieferservice des Supermarkts auf, an denen sich
alle Mitbewohner beteiligten.

»Die Wohnung gehört Paul, der auch das größte
Zimmer hat«, erklärte Georg. »Sein Alter hat sie ihm geschenkt, achtet aber penibel aufs Geld, das sein Sohn
ausgibt. Deshalb vermietet Paul die Zimmer an uns,
ohne dass der Papa das weiß.«

Georg erzählte das so selbstverständlich, als wäre es
völlig normal, von Eltern eine große Wohnung in der
Innenstadt geschenkt zu bekommen. Tom sah sich vorsichtig um. In der Wohnung lag nichts herum, alles war
pingelig sauber, die Möbel waren weiß lackiert und
ruhten auf gebürsteten Stahlbeinen. In der Küche standen teure Küchenmaschinen, die so aussahen, als hätte

sie noch nie jemand benutzt. Selbst im Bad war alles ordentlich sortiert und die Handtücher farblich auf die Fliesen abgestimmt.

»Einmal im Monat machen wir einen WG-Abend. In der Regel gehen wir dann auf den Ringen in die Klubs und am Ende landen wir immer in einem Nachtklub. Was da dann passiert, kannst du dir sicher denken.« Er lachte. Dann sah er Tom abschätzend an. »Du bist hoffentlich nicht schwul oder so was. Versteh mich nicht falsch – ich hab nichts gegen die Homos. Die sollen machen, was sie wollen. Aber ich steh da so gar nicht drauf.« Er knickte das Handgelenk ab und stolzierte affektiert durch den Flur. Dann lachte er wieder.

Zum zweiten Mal in seinem Leben dachte Tom von einem Menschen, dass er dem Klischee eines verkappten Schwulen entsprach, der nie zu seinen Neigungen stehen wird. Bei Alex hatte er das akzeptiert. Aber dieser Georg war so aalglatt, so auf Anpassung getrimmt, dass Tom allein seine Anwesenheit unangenehm war.

»Wir haben natürlich viele Anfragen wegen des Zimmers und die anderen Jungs wollen dich auf jeden Fall kennenlernen, bevor wir uns entscheiden.« Georg strich sich die Haare glatt und fixierte Tom. »Hast du Interesse daran?«

»Ich überlege es mir«, sagte Tom und verabschiedete sich, bevor Georg ihn weiter ausfragen konnte.

Und wenn er die nächsten Wochen in einer verlausten Pension pennen musste – hier würde er nie im Leben einziehen. Er schüttelte sich, als er auf die Straße trat. Er betrachtete das Haus von außen. Die Immobilie passte gar nicht in den Straßenzug mit den alten Gründerzeitgebäuden und wirkte irgendwie fehl am Platz. Das war ihm bei der Ankunft gar nicht aufgefallen.

Er wandte sich ab und ging die Straße hinunter. Die zweite WG war nicht weit entfernt und nach ein paar Minuten klingelte er an der nächsten Haustür.

Die WG von Clara und Bergit war das genaue Gegenteil von der vorherigen. Schon im Hausflur stieg Tom der Geruch von Feuchtigkeit und Schimmel in die Nase. Er kletterte die krachende Holztreppe bis in den vierten Stock hoch und stand dann in einem Wohnungsflur, in dem er die Farbe des siffigen Teppichbodens nicht definieren konnte. Überall lagen Klamotten herum, drei Mülltüten standen direkt neben der Wohnungstür, und als er in die Küche kam, fiel ihm als Erstes der riesige Berg dreckigen Geschirrs ins Auge.

»Wir versuchen ständig, ein bisschen Ordnung zu halten«, sagte Clara entschuldigend, »aber irgendwie kriegen wir das nicht so richtig auf die Kette.« Sie lächelte. »Willst du 'nen Tee?«

Dankend nahm Tom die etwas schmierige Tasse entgegen und setzte sich auf das schmuddelige Sofa, als jemand hereinkam. Er lehnte sich an den Türrahmen und sah Tom neugierig an.

»Das ist Finn. Ein Freund. Der hängt immer mal wieder hier ab. Daran musst du dich gewöhnen, wenn du einziehst.«

Finn war etwa Anfang zwanzig, eine Winzigkeit kleiner als Tom und steckte in einer schwarzen Röhrenjeans, die seine schmalen, jungenhaften Hüften betonten, und einem engen grauen T-Shirt mit V-Ausschnitt, während Clara mit ihrem ausgeblichenen Shirt und den schlabberigen Stoffhosen offensichtlich einen ganz anderen Stil bevorzugte.

»Bergit ist gerade mit ihrem Freund in Portugal und kommt Ende des Monats zurück«, fuhr Clara fort.

»Aber sie vertraut meiner Menschenkenntnis total und ich kann über die neuen Mitbewohner entscheiden.«

Tom hörte Clara nur mit einem halben Ohr zu, denn er war von Finns Augen fasziniert. Hellblau blickten sie zu ihm herüber. Finns feingliedrige Finger umschlossen ebenfalls eine Teetasse, hinter der seine Lippen sich schmunzelnd kräuselten.

»Hi«, sagte er und lächelte Tom zu. »Du bist also ganz frisch in der Stadt?«

Tom erzählte kurz, woher er kam und was er studieren wollte, während er in sich das Aufwallen ungewohnter Gefühle wahrnahm, ausgelöst von einem Körper, der pure Erotik ausstrahlte. Finn schlenderte herüber und setzte sich zu ihm aufs Sofa. Ihre Arme berührten sich kurz und Toms Körper überzog schlagartig eine Gänsehaut. Er wollte diesen Jungen anfassen und ihm durch die kurzen blonden Haare streichen. Das Bedürfnis war so stark, dass er schnell aufstand und nach dem Zimmer fragte, das frei war.

»Wir handhaben das hier alles ganz locker«, sagte Clara, als sie vor ihm her auf das Ende des Flurs zuging. »Keine Geheimnisse, kein Verstecken. Jede darf hier so sein, wie sie will.«

Eine Tür hatte das für ihn vorgesehene Zimmer nicht. Nur einen dünnen Vorhang, der ein bisschen muffig roch. Clara schob ihn zur Seite und ließ Tom eintreten. Die Luft war stickig und auch hier lag ein schmuddeliger Teppich auf dem Boden, das Fenster ging in einen dunklen Innenhof hinaus und in einer Ecke des Zimmers entdeckte Tom Schimmel.

»In der Stadt muss man alles nehmen, was man kriegt«, sagte Finn, der plötzlich dicht neben Tom stand.

Tom lief ein Kribbeln über den Rücken, als Finn ihm sanft eine Hand auf die Schulter legte. Er musste hier raus. Sofort. Zum einen wegen des Zimmers, in dem er keine Sekunde länger bleiben wollte, weil ihm schlecht wurde, zum anderen, weil er seine Erregung sonst nicht mehr verbergen konnte. Noch nie war ihm ein fremder Mann so nahe gekommen und hatte ein solches Begehren ausgelöst.

»Du kannst es dir ja überlegen«, sagte Clara freundlich, als sie an der Wohnungstür standen. »Ich würde mich freuen, wenn du hier einziehst.«

Tom stolperte die Treppen runter, riss die Haustür zur Straße auf und stürmte an die frische Luft. Noch immer kribbelte es auf seiner Haut und er strich sich verstört durch das Gesicht. Was war denn bloß los mit ihm, dass ihn dieser jungenhafte Typ so aus dem Konzept brachte?

Orientierungslos sah er sich um. So kam er nicht weiter. Er musste sich einen Plan überlegen. Also marschierte er zu einem nahe gelegenen Platz, der ringsum mit Autos zugeparkt war. Auf der freien Fläche in der Mitte ließ er sich erschöpft auf eine Bank sinken.

Heute Morgen hatte die Welt noch vollkommen anders ausgesehen. Noch vor ein paar Stunden war er mit der Vespa auf dem Weg zu seiner Arbeit gewesen und er hätte um ein Haar ein sicheres Leben in der Provinz zementiert. Jetzt saß er in der Stadt, mitten in einem neuen Leben, das sich allerdings als gar nicht so einfach herausstellte. Also kein Glück am ersten Tag mit einer Unterkunft. Das wäre ja auch zu schön gewesen. Er schloss für einen Moment die Augen und ließ die Sonne auf sein Gesicht scheinen.

Neuntes Kapitel

»Hier sitzt du also«, sagte eine sanfte Stimme vor Tom und riss ihn aus seinen Gedanken.

Tom öffnete die Augen und musste gegen die Sonne blinzeln, um etwas zu erkennen. Vor ihm stand Finn und grinste.

»Ich musste mich einen Moment sammeln«, antwortete Tom. »Das ist alles ziemlich neu für mich.«

Finn setzte sich dicht neben ihn und sah ihn von der Seite an. Sofort überfiel Tom wieder dieses Kribbeln. Er meinte, einen Hauch von Curry zu riechen, und als er den Blick auf seinen Banknachbarn richtete, entdeckte er ein kleines Grübchen auf seiner linken Wange.

»Überfordert von der Großstadt?«, fragte Finn leicht belustigt.

»Ich muss mich wohl erst noch daran gewöhnen, dass die Bedingungen hier etwas anders sind, als ich sie kenne.«

»Das ging mir damals auch so. Aber das geht schnell vorbei, glaub mir.«

Finn schlug die Beine übereinander und lehnte sich an die Rückenlehne der Bank, wobei er die Arme zu beiden Seiten ausstreckte. Dabei streifte er ihn wie zufällig im Nacken. Ein Schauer durchlief Tom.

»Die WG von Clara und Bergit ist nichts für dich, stimmt's?«

»Äh ... ich glaube nicht so richtig.«

»Ich habe noch nie eine Wohnung gesehen, die so dreckig ist. Aber ich mag die beiden. Vor allem Clara. Sie ist meine Freundin.«

»*Deine* Freundin oder *eine* Freundin?«

Finn lachte. »Du bist neugierig.« Er sah ihm in die Augen. Tom war wieder völlig geflasht. »*Eine* Freundin. Meine beste Freundin. Ich stehe auf Jungs. Oder Männer.«

»Ach so.«

»Überrascht dich das?«

Nein, doch, ja, vielleicht. Tom wusste es nicht. Er hatte es geahnt. Vielleicht sogar gehofft. Aber warum?

»Hier in der Stadt sind die Dinge so anders«, antwortete er vorsichtig.

»Und was ist mit dir? Männer oder Frauen? Oder beides?«

Finn bohrte seine Augen geradezu in Tom. Und er geriet dadurch kurz ins Wanken. Wenn er doch bloß wüsste, was er auf die Frage antworten sollte. Waren die Leute hier alle so direkt? Daran musste er sich wohl auch erst noch gewöhnen.

»Äh ... ich ...«, stammelte Tom. »Also ich hatte in meiner Heimat eine Affäre mit einer Freundin.«

»Also noch unentschieden?« Wieder lachte Finn und blinzelte ihm verschwörerisch zu. »Pass auf: Ein Kumpel von mir wohnt hier um die Ecke. Er wohnt mit einer Freundin zusammen und die haben ein Zimmer frei.«

»Oh, cool.«

»Ich kann ihn anrufen und fragen, ob jemand zu Hause ist.«

»Das würdest du tun?«

»Klar.«

Finn griff zum Handy und telefonierte kurz.

»Wir können sofort hingehen. Hast du Lust?«

»Natürlich.«

»Da ist es auch nicht so schmuddelig wie bei Clara.«

Finn stand auf und reichte Tom die Hand. Der griff zu und ließ sich hochziehen. Einen Moment lang standen sie dicht voreinander und Tom roch eine Mischung aus Deo, Curry und sonnenbeschienener Haut. Er hätte sich in diesem Duft verlieren können, hätte sich in Finn vergraben wollen. Doch der lächelte nur und sagte: »Da lang.«

Peter und Jula begrüßten Finn stürmisch und empfingen Tom mit neugierigen Fragen. Er mochte die beiden auf Anhieb. Ob das nun daran lag, dass sie offenbar eng mit Finn befreundet waren, oder an ihnen selbst, war Tom nicht richtig klar. Er fühlte sich einfach prompt wohl. Bis zu diesem Moment hätte er nicht sagen können, wie eine WG sein sollte, in die er einziehen wollte, doch jetzt klärte sich auch diese Unsicherheit allmählich. Die beiden zeigten Tom die Wohnung, die freundlich und hell war. Nicht wirklich groß, aber doch geräumig genug, um sich aus dem Weg gehen zu können.

»Wo hast du denn die schmucke Hecke wieder aufgegabelt?«, fragte Jula Finn lachend, als sie Tom das Zimmer am Ende des Flurs zeigte.

Bis auf eine Matratze und zwei Kartons war es leer. Es maß etwa fünfzehn Quadratmeter, hatte einen einfachen, leicht verkratzten Laminatboden und zwei große Fenster, die zur Straße hinausgingen. Im Bad neben der Wohnungstür gab es eine Badewanne und an die Küche schloss sich ein kleiner Balkon an, dessen Tür weit offen stand und die kühle Luft der Stadt hereinließ.

Genau so stellte sich Tom eine perfekte Wohngemeinschaft vor. Die Küchenschränke waren zwar alt, aber sauber. Die Ablagen waren mit Gläsern und Müslipackungen vollgestellt. In den offenen Regalen stapelte sich bunt zusammengewürfeltes Geschirr und in der Spüle weichte ein Kochtopf ein, schien aber nicht schon seit einer Woche dort zu warten. Sie standen zusammen in der Küche an der offenen Balkontür.

»Dein Vormieter ist letzte Woche Hals über Kopf ausgezogen«, erklärte Peter. »Er hat das Studium geschmissen und will nach Ibiza auswandern. Etwas durchgeknallt der Gute, aber das wundert mich bei dem nicht mehr.«

Peter war sechsundzwanzig, hatte sein Design-Studium fast abgeschlossen und seine Freundin Kathi, die jedes zweite Wochenende in die Stadt kam, lebte zweihundert Kilometer entfernt. Jula war einundzwanzig, studierte auf Lehramt und legte Wert darauf, Single zu sein.

»Ich will noch was erleben«, sagte sie und Peter lachte laut.

»Du willst dich nicht festlegen, das ist alles«, meinte er und strubbelte ihr durch die Haare. »Wir chillen manchmal zusammen bei mir im Zimmer«, erzählte er Tom. »Filme gucken und so. Wunder dich nicht, wenn wir dann zusammen unter einer Decke hocken und kuscheln. Das hat nichts zu bedeuten.«

»Wir haben einen klaren Grundsatz: keinen Sex mit den Mitbewohnern«, ergänzte Jula. »Kommst du damit klar?«

Finn brach in schallendes Gelächter aus. »Na, das klappt ja gut bei dir.«

»O.k., o.k., mit Oskar hat das nicht so richtig geklappt«, gab sie zu. »Aber ich gelobe Besserung.«

»Wer ist Oskar?«, erkundigte sich Tom.

»Dein Vormieter«, sagte Finn und feixte. »Ein krass sexy Surfer. Ich verstehe gut, dass Jula schwach geworden ist.«

»Er hat sich in mich verknallt«, erklärte Jula und verdrehte die Augen. »Aber für mich war das nichts. Da ist er eben ausgezogen. Ibiza und so.«

»Bist du in einer Beziehung?«, erkundigte sich Peter.

»Nein, ich bin Single«, gab Tom zurück und nahm sich vor, es erst einmal dabei zu belassen.

»Aus Prinzip?«, fragte Jula neugierig.

»Er sichtet noch«, meinte Finn und stieß Tom den Zeigefinger neckend in die Seite.

Wieder schoss dieses warme Gefühl durch Toms Körper. Er wünschte sich, dass dieser Moment nie vorbeigehen würde. Auch wenn ihm Finns Direktheit immer wieder verunsicherte.

»Und du hilfst ihm bei der Sichtung?«, stichelte Peter lachend.

»Warum auch nicht?« Finn strich Tom gespielt zärtlich über den Unterarm.

Dieses Kribbeln machte Tom völlig verrückt. Blöderweise bekam er davon jetzt auch noch eine Erektion, die er schnell versteckte, indem er seine Jacke vor sich hielt. Doch Finn schien genau mitbekommen zu haben, was bei ihm los war, und betrachtete ihn mit hochgezogenen Augenbrauen.

»Also: kein Sex mit Mitbewohnern. Was du sonst in deinem Raum treibst, ist deine Sache.« Jula zwinkerte Tom zu.

Er nahm das Zimmer. Er konnte sofort einziehen, wenn er wollte. Und auch direkt bleiben. Eine Matratze zum Schlafen gab es ja immerhin schon, und Peter bot ihm netterweise für ein paar Tage seinen Schlafsack an, als er von seinem überstürzten Aufbruch am Vormittag erzählte. Tom war einfach froh, dass er so schnell ein Zimmer gefunden hatte, das ihm gefiel. Das schien ihm fast wie ein Wink des Schicksals. Vielleicht hatte er ja den richtigen Weg gewählt.

Finn gab ihm seine Telefonnummer und strich ihm zum Abschied über den Hintern. Toms Penis zuckte einmal kurz.

»Meld dich gerne, wenn du Gesellschaft brauchst!«, sagte Finn. »Ich freue mich, dass ich dich hier bald wiedersehe.«

Dann verließ er pfeifend Toms neue Bleibe.

Etwas später saß Tom in seinem neuen Zimmer auf der Matratze und überlegte, wie er jetzt weitermachen sollte. Er musste ein paar Sachen von zu Hause holen. Klamotten, seinen Computer, Bücher. Er musste auf jeden Fall noch mal hinfahren. Auch, um seinen Eltern den überstürzten Aufbruch zu erklären. Seine Mutter würde ihn vermutlich verstehen. Sein Vater bestimmt nicht. Und er brauchte ein paar Möbel. Zumindest einen Tisch und einen Stuhl, damit er fürs Studium arbeiten konnte. Er lieh sich von Peter einen Zettel und einen Stift und begann, eine Liste zu schreiben.

Pias Anruf ließ ihn zusammenzucken. Tom starrte auf das Display seines Telefons und wusste nicht, ob er rangehen sollte. Er war sich sicher, dass sie stinksauer war. Aber er konnte ja nicht ewig vor ihr weglaufen. Mechanisch nahm er das Gespräch an.

»Wo bist du?«, fragte Pia, ohne sich mit einer Begrüßung aufzuhalten.

»In der Stadt. In meinem Zimmer.«

»In deinem Zimmer?!«

Tom erzählte ihr, was er an diesem Tag erlebt hatte, und Pia hörte ihm atemlos zu. Ihn selbst überraschte beim Erzählen, wie viel er allein an einem Tag geschafft und entschieden hatte. Er hatte sich spontan für den Ausbruch aus seinem alten Leben entschieden, war in die Stadt gefahren, hatte sich eingeschrieben, nach Wohnungen gesucht und ein Zimmer gefunden, das ihm gefiel. Das alles schien plötzlich total unwirklich. Von Finn erzählte er Pia allerdings nichts. Er wusste nicht, ob es daran lag, dass er Angst vor ihrer Reaktion hatte oder vor seiner eigenen. Er redete sich ein, dass er sie einfach schonen wollte, es war ja so schon alles zu viel auf einmal, und sein überstürzter Aufbruch hatte sie genug durcheinandergerüttelt.

»Ist das nicht alles ein bisschen unüberlegt?«, erkundigte Pia sich. »Und hast du dir mal Gedanke darüber gemacht, was du den Menschen damit antust, so abzuhauen?«

Der Stich saß. Genau das hatte er vermeiden wollen. Ja, ihm war klar, dass er heute einige Menschen vor den Kopf gestoßen hatte. Aber bloß, weil er bislang der brave Sohn war, der alles tat, was die Menschen um ihn herum von ihm erwarteten, musste er ja nicht für immer so bleiben. Er konnte sich verändern und selbst Entscheidungen treffen. Das hatten ja alle von ihm verlangt. Und er wollte das auch.

»Es tut mir wirklich leid, dass ich dich verletzt habe«, sagte er. »Aber ich konnte das nicht. Ich will kein Haus bauen. Und ich kann nicht länger in diesem Amt arbeiten.«

»Und ich? Was ist mit mir?«

Tom spürte einen Moment lang die Schwere durchs

Telefon schwappen. Er hielt kurz den Atem an, bevor er versuchte, Pia zu erklären, was ihn beschäftigte.

»Wir haben doch vor einiger Zeit vereinbart, dass wir keine Erwartungen aneinander stellen.«

»Die Welt dreht sich weiter. Was ist, wenn ich anders darüber denke als vor einem halben Jahr?«

»Das geht mir genauso. Nur in eine andere Richtung.«

»Dann hast du mich nur zum Vögeln gebraucht?«, platzte es aus Pia heraus. Er sah ihre Wut geradezu vor sich aufsteigen.

»Du weißt genau, dass das nicht stimmt«, verteidigte er sich. Denn eigentlich hatte er sie als gute Freundin gebraucht. Doch das sagte er nicht.

Am anderen Ende der Verbindung war es eine Weile still.

»Ich hätte dir sagen sollen, dass sich meine Gefühle für dich geändert haben«, gab Pia dann zu. »Und ich hätte dich nicht so mit dieser Grundstücksidee überrumpeln dürfen.«

Tom spürte die Sehnsucht nach Nähe. Mit Pia hatte er das in den letzten Monaten gehabt. Aber seit dem Wochenende hatte er ihre Freundschaft – oder was immer das war – Stück für Stück in ihre Einzelteile zerlegt. Und er wusste, dass es für ihn kein Zurück mehr in die alte Welt gab.

»Ich fühle mich hier wohl«, sagte er leise. »Und ich würde mich freuen, wenn wir uns bald wiedersehen. Auch wenn dann alles anders sein wird als im letzten Jahr.«

»War das eine Flucht heute Morgen?«, fragte Pia.

»Ja«, gab Tom zu. »Ich hatte Panik. Aber ich glaube, das war nötig. Ich konnte nicht einfach so weitermachen.«

»Ich will doch nur, dass es dir gut geht, da, wo du jetzt bist«, sagte Pia leise.

»Mir geht es gut. Hier sind nette Leute.«

»Das ist schön. Für dich.« Sie hängte auf. Tom starrte hilflos das Telefon an.

ZEHNTES KAPITEL

EINE WOCHE SPÄTER hatte Tom seine wichtigsten Sachen in die Stadt geholt und sich halbwegs in seinem Zimmer eingerichtet. Sein Vater hatte nur das Nötigste mit ihm gesprochen, als sie sich zu Hause über den Weg gelaufen waren. Er verstand einfach nicht, warum sein Sohn das Leben in der Heimat so plötzlich über Bord warf.

»Lass ihm Zeit!«, sagte Toms Mutter. »Er muss das erst mal verdauen.«

Also ließ Tom ihn in Ruhe.

Als die erste Woche an der Uni begann, war Tom ziemlich aufgeregt. Er hatte sich die Seminare und Vorlesungen zusammengesucht, die für das erste Semester empfohlen wurden, hatte einen Stundenplan zusammengestellt und sich in die ersten Themen eingearbeitet. Die Veranstaltungen waren überfüllt und Tom kam sich ziemlich verloren vor. Er kannte niemanden und die anderen Studenten schienen alle viel besser auf das Studium vorbereitet zu sein, obwohl die meisten so jung waren wie er. Die Anonymität der Großstadt, die er nach der Enge der dörflichen Provinz so genossen hatte, zeigte jetzt ihre hässliche Fratze, indem sie ihm täglich vor Augen führte, wie allein er hier war.

»Die meisten posen nur«, erklärte ihm Jula abends bei einem Glas Wein. »Glaub bloß nicht, dass die schlauer sind als du, nur weil sie aus akademischen Haushalten kommen.«

Sie traf damit den Nagel auf den Kopf. Toms Eltern lasen keine Bücher. Höchstens mal eine Zeitschrift oder die BILD. Und sein Vater hatte ihm immer wieder eingebläut, dass er eigentlich schon fürs Abitur zu dumm gewesen sei. Was ja ganz offensichtlich nicht gestimmt hatte.

»Die richtigen Leute triffst du schon noch. Bald finden die ersten Erstsemesterpartys statt. Da solltest du hingehen. Wenn du danach immer noch keine Kontakte hast, dann kannst du ja Finn anrufen.« Sie lachte, als Tom sie erstaunt ansah. »Er hat nach dir gefragt. Ich glaub, der steht auf dich.«

Tom hatte ein warmes Gefühl im Bauch. Vielleicht sollte er Finn tatsächlich einfach anrufen. Oder Joschi. Den hatte er ganz vergessen. Der wusste ja noch gar nicht, dass Tom in der Stadt war. Er nahm sich vor, sich morgen bei ihm zu melden. Hatte der nicht mit ihm ausgehen wollen? Vielleicht würde er ihm dabei auch ein bisschen mehr von der Stadt zeigen als nur die schwulen Klubs. Bei Finn war er sich nicht ganz sicher, was er mit ihm quatschen sollte. Aber völlig abwegig fand er Julas Idee nicht. Im Gegenteil. Aber würde er sich trauen, ihn einfach anzurufen?

Jula drückte sich jetzt vom Küchenstuhl hoch und stellte das Weinglas in die Spüle.

»Ich gehe gleich mit Peter zu einem Geburtstag«, sagte sie. »Ich würde dich ja mitschleppen, aber das findet im kleinen Kreis statt und ehrlich gesagt wird das vermutlich ziemlich langweilig.« Sie verdrehte die Augen. »Intellektuelle Kiffer. Die diskutieren vermutlich die ganze Nacht und erinnern sich am nächsten Tag an nichts mehr.«

Spontan fand Tom die Vorstellung, mit irgendwelchen bekifften Leuten stundenlang über abgefahrene Dinge zu diskutieren, gar nicht so schlecht. Zumindest besser, als nach diesem frustrierenden Tag in der Uni allein zu Hause zu sitzen und zu grübeln. Er spürte ein unangenehmes Ziehen im Bauch, das er immer bekam, wenn er Gefahr lief, zu viel nachzudenken.

»Ich komme schon klar«, sagte er trotzdem. »Mach dir keine Sorgen.« Er wollte nicht den Eindruck vermitteln, als müsse sich jemand um ihn kümmern.

Kurz darauf war er allein in der Wohnung. Er goss sich noch ein Glas Wein ein und suchte nach Joschis Nummer. Doch bevor er die Nummer antippen konnte, klingelte es an der Tür. Tom drückte auf den Türsummer und hörte Schritte die Treppe hinaufspringen. Und dann stand Finn vor ihm, lachte und schwenkte eine Flasche Wein.

»Haste Zeit?«, fragte er und drängelte sich schon an Tom vorbei. »Ich hab mir gedacht, dass der arme Tom sicherlich ganz allein in der Wohnung ist und sich über Gesellschaft freut.« Er wandte sich zu Tom um. »Hab ich recht?«

»Volltreffer«, sagte Tom und freute sich über den spontanen Besuch.

Finn nahm sich ein Glas aus dem Regal, entkorkte die Flasche und marschierte wieder in den Flur.

»Ist dein Zimmer schon eingerichtet?«, fragte er und blieb vor Tom stehen.

»Na ja, Tisch und Stuhl. Ein Regal. Ein Bett hab ich noch nicht. Guck's dir an.«

Er folgte Finn mit seinem eigenen Weinglas in der Hand. In Toms Zimmer drehte sich Finn einmal forschend im Kreis und ließ sich dann auf die Matratze auf dem Fußboden fallen, weil das die einzige bequeme Sitzmöglichkeit war.

»Spartanisch würd ich sagen. Aber das passt ja zu dir.«

»Was meinst du denn damit?«

»Na, du redest ja nicht so viel. Über dich selbst am allerwenigsten.«

Tom trank den Wein, den er noch im Glas hatte, in einem Schluck aus und hielt Finn dann sein leeres Glas hin. Als es voll war, setzte er sich neben ihn und lehnte sich an die Wand.

»Was willst du denn wissen?«

»Alles«, bestimmte Finn und streckte die Beine aus. »Ich habe die ganze Nacht Zeit.«

Sie saßen nebeneinander und Tom erzählte von seinem Dorf, von dem langweiligen Job in der Verwaltung, aber auch von seinem ersten Tag an der Uni und dem Eindruck, viel weniger zu wissen als alle anderen. Finn hörte aufmerksam zu, fragte nach und trank Wein. Dabei spürte Tom die ganze Zeit Finns Körper neben sich, der eine angenehme Wärme ausstrahlte und ihn ein bisschen hibbelig machte. Der Wein half. Hin und wieder legte Finn seine Hand auf Toms Knie, nahm sie dann aber genauso schnell wieder weg, ganz so, als sei es für ihn völlig normal, die Menschen, die er mochte, zu berühren. Tom jagten diese Berührungen jedes Mal einen Schauer durch den Körper. Er wollte, dass Finn die Hand einfach auf seinem Knie ließ, anstatt sie immer wieder wegzunehmen. Seine eigene Hand lag zwischen ihnen und manchmal schob er sie wie zufällig an die Naht von Finns Hose heran. Mehr traute er sich nicht.

Schließlich blieb Finns Hand auf Toms Knie liegen.

Sie redeten über die Stadt und über Finns Studium, über ihre Eltern. Der Wein machte Tom angenehm entspannt. Als Finn kurz zum Klo verschwand, stellte Tom chillige Musik an, ging mit seinem Glas in der Hand ans Fenster und sah auf die Straße raus. Es war dunkel geworden.

Finn kam zurück, mit einer weiteren Flasche Wein in der Hand. »Die habe ich zufällig noch in meinem Rucksack gefunden«, sagte er kichernd und trat hinter Tom.

Er stellte die Flasche auf die Fensterbank und legte ihm seine Hände auf die Hüften. Tom erbebte leicht unter der Berührung und ihm schoss das Blut augenblicklich in den Schwanz. Finn ließ seine Hände erst einfach nur da ruhen, wo er sie abgelegt hatte, bevor er mit ihnen an Toms Seiten sanft auf und ab glitt. Toms Körper schien wie elektrisiert. Dann spürte er Finns Lippen im Nacken. Ganz vorsichtig küssten sie ihn dort. Tom spürte eine Erregung, die er so intensiv noch nie erlebt hatte. Vorsichtig drückte er seinen Hintern an Finn. Er spürte dessen Wärme durch den Stoff der Kleidung hindurch und zitterte bei dem Gedanken, Finn anzufassen.

Vorsicht stellte er sein Glas neben die Flasche und legte seine Hände auf die von Finn. Sie verschränkten die Finger ineinander und Tom zog Finns Arme nach vorne, um sie vor seiner Brust zu schließen. Finn drückte sich dabei wie selbstverständlich von hinten an Toms Rücken. Und dann spürte Tom die Erektion, die sich gegen seinen Hintern drängte. Finn küsste ihn weiter auf den Hals, wanderte mit seinen Küssen zu seinem Ohrläppchen und saugte daran. Diese Berührung schickte eine wohlige Welle bis zu seinen Zehen hinunter. Er schloss die Augen.

Finn löste seine Hände aus Toms Umklammerung

und strich langsam an dessen Körper abwärts. Er erreichte den Übergang zwischen T-Shirt und Jeans, verharrte kurz und schob dann die linke Hand unter das Shirt. Tom schnappte nach Luft, als die warme Hand über seinen Bauch, für den er sich kurz ein wenig schämte, und seine Brust streichelte. Finn umspielte seine Brustwarzen, schob seine andere Hand jetzt auch unter das Shirt und drückte Tom fest an sich. Die ganze Zeit spürte Tom den harten Schwanz von Finn an seinem Hintern. Wie ein Blitz schoss ihm die Erkenntnis durch den Kopf, dass er ihn ganz spüren wollte. Er hätte sich am liebsten umgedreht und ihm die Kleider vom Leib gerissen. Aber das traute er sich nicht.

Finns rechte Hand wanderte nun tiefer, erreichte den Bund der Jeans, ohne anzuhalten, und strich dann durch die Hose über Toms Schwanz. Vorsichtig griff er zu und drückte die steife Latte. Tom stöhnte leise auf. Sein Schwanz drängte sich gegen Finns Hand und wollte freigelassen werden. Tom legte seine Hände seitlich an Finns Oberschenkel. Und der verstärkte seinen Druck von hinten.

Finns Hände trafen sich an Toms Gürtel und öffneten ihn mit langsamen Bewegungen. Tom erschauerte erneut, als er Finns Hände dabei über seinen Penis streichen spürte. Als der Gürtel nicht mehr im Weg war, schob Finn seine Hände in Toms Hose. Sie tasteten sich an den Bund der Boxershorts heran und tauchten dann in sie ein. Die Finger der einen Hand strichen durch das Schamhaar, wanderten kurz in Richtung Bein, kehrten dann wieder um und umschlossen Toms Hoden vorsichtig von unten. Die andere Hand erreichte den Schwanz, strich langsam am Schaft aufwärts und griff dann warm zu. Jetzt stöhnte auch Finn vor Lust.

Tom spürte den ersten Tropfen aus seiner Eichel austreten. Er musste etwas tun, sonst platzte er. Er wandte sich vom Fenster ab, drehte sich zu Finn um und drückte seinen Schwanz an dessen Hüfte. Er sah ihm direkt in die Augen und Finn lächelte sanft. Finn näherte sich Toms Lippen ganz langsam. Instinktiv öffnete der den Mund. Sie küssten sich. Die Zungen fanden den Weg in den Mund des anderen, erforschten einander, Lippen und Zähne, strichen über Bartstoppeln.

Toms Hände suchten sich den Weg auf Finns Rücken und schoben sich unter das Hemd. Er ertastete warme glatte Haut. Er wollte mehr davon. Finn schob Toms T-Shirt hoch und zog es ihm über den Kopf. Dann knöpfte er sein Hemd auf und ließ es neben sich auf den Boden fallen. Er war wunderschön. Die Arme waren schmal, der Bauch flach und die Haut vom Sommer noch leicht gebräunt. Tom legte seine Hand auf Finns Brust und strich langsam nach unten, über den Bauch und die dünne Haarlinie, die vom Bauchnabel bis zur Hose führte. Er war kurz vorm Zerbersten, so sehr wollte er diesen Körper spüren.

Er öffnete die Knöpfe von Finns Jeans und ließ seine Hände zu Finns Gesäß nach hinten wandern. Knackig hart waren die Arschbacken und wieder drängte Finn mit seinem Becken gegen Toms und nahm dabei die Küsse wieder auf. Deutlicher als bisher spürte Tom jetzt Finns harte Latte an seinem Becken. Er wollte sie sehen. Er wollte sie anfassen.

Finn zog Tom vom Fenster weg zur Matratze. Hier küsste er Tom wieder. Dann bewegte er seine Hände an Toms Hüften runter, schob in der gleichförmigen Bewegung die Hose samt Shorts nach unten, bis sich Toms Schwanz federnd befreite. Hose und Shorts rutschten den Rest des Weges allein abwärts. Finn ging vor Tom auf die Knie und küsste seinen Bauch, strich zart über seinen Rücken und seinen Hintern, und wie zufällig berührte er mit dem Kinn immer wieder Toms Eichel. Tom hätte schreien können vor Lust. Er legte seine Hände auf Finns Kopf und vergrub seine Finger in seinen Haaren. Er streckte ihm seinen Schwanz entgegen. Doch Finn ließ ihn zappeln. Er wanderte mit dem Mund über den Bauch, küsste die Beckenknochen und die weiche Haut darunter, nahm Toms Eier ins Visier, bevor er sich endlich dem Schwanz widmete.

Er leckte langsam am Schaft aufwärts, umspielte die Eichel mit der Zunge und leckte die Tropfen, die aus ihr herausdrängten, gierig auf. Und dann nahm er ihn in den Mund. Finns Lippen schlossen sich um Toms Eichel und Tom stöhnte vor Verlangen. Der warme Mund umhüllte seine Lust vollständig und der Schwanz drängte weiter hinein. Mit langsamen Bewegungen schob Tom sein Becken vor und zurück. Finns Zunge schien überall um die Eichel herum zu sein und Toms Erektion war so prall, wie er sie noch nie erlebt hatte.

Finn gab den Schwanz wieder frei und zog Tom zu sich runter auf die Matratze. Sie befreiten sich von den Hosen und Tom legte sich auf Finn, um ihn zu küssen und zu küssen und zu küssen. Mit dem Becken fuhr er auf und ab und wünschte sich, für immer so weiterzumachen. Finns Schwanz drängte sich fordernd von unten gegen ihn. Tom nahm all seinen Mut zusammen und schob sich an Finns schlankem Körper abwärts. Er küsste die Brustwarzen, strich mit der Zunge über den Bauch und über die Haarlinie. Dann erreichte er Finns Erektion.

Noch nie hatte er den Schwanz eines anderen Mannes erigiert und so nah vor sich gesehen. Die Latte von Finn war gerade aufgerichtet und zum Bersten gefüllt. Obwohl er wenig Vergleiche hatte, fand Tom sie ziemlich groß. Das war das Erotischste, was er in seinem ganzen Leben vor sich gesehen hatte. Fast verwundert strich er mit den Fingern darüber, schloss seine Hand fest um den Schaft und strich mit den Lippen über die Eichel. Hier roch es nach Strand, nach Schweiß und wieder nach Curry. Auch Finns Schwanz sonderte einen klaren Tropfen ab, den Tom mit der Zunge aufleckte. Er schmeckte ungewohnt, leicht salzig. Und er machte Tom Mut. Offenbar gefiel Finn, was er da machte. Also öffnete er vorsichtig den Mund und nahm den Schwanz auf.

Finn seufzte lustvoll auf, als Tom mit vorsichtigen Bewegungen an seiner Erektion saugte. Der Schwanz in seinem Mund zuckte. Tom griff nach dem Schaft und drehte die Hand hin und her. Finn schien fast außer Kontrolle zu geraten. Er hob sein Becken rhythmisch Tom entgegen und der genoss es, Finn so eine Lust zu bereiten. Ihn selbst machte das noch mehr an. Er fasste sich mit der freien Hand an den eigenen Schwanz und rieb ihn. Lange würde er sich nicht mehr zurückhalten können. Er beschleunigte seine Bewegungen mit dem Mund und versuchte gleichzeitig, seinen Schwanz zurückzuhalten.

In diesem Moment richtete sich Finn auf, schob Tom sanft von sich und drückte ihn hoch, bis Tom kniete und Finn vor ihm saß. Dann nahm er Toms Schwanz in den Mund. Die Berührungen der Zunge auf seiner Eichel durchzogen Tom wie eine wärmende Woge. Er wollte Finn warnen, dass er gleich kam, doch der machte weiter, bis durch Toms Körper ein Schauer jagte und er sich mit einem Stöhnen in Finns Mund entlud. Einen winzigen Moment erschrak er, denn das hatte er nicht geplant, doch Finn schien das nichts auszumachen. Er saugte weiter an der Eichel, aus der ein weiterer Strahl Samen schoss. Dann erst löste sich Finn von Tom, sank auf den Rücken, umklammerte seinen eigenen Schwanz fest und rieb ihn mit schnellen Bewegungen. Dann kam er mit einem langen Seufzer und spritzte sein Sperma quer über seinen eigenen Bauch und die Brust bis zum Hals.

Erschöpft lagen Tom und Finn nebeneinander auf der Matratze. Tom taumelte in eine tiefe Entspannung hinein, die sich bis in die letzten Winkel seines Körpers ausbreitete. Finn tastete nach Toms T-Shirt, mit dem er sich das Sperma vom Körper wischte. Dann sah er ihn an.

»Das war mein erstes Mal mit einem Mann«, flüsterte Tom.

»Oh, wirklich?«, raunte Finn erstaunt. Er richtete sich halb auf, stützte sein Kinn auf die Hand und sah Tom an. »Dann hoffe ich, dass es schön für dich war.«

»Ich will nie wieder etwas anderes.«

»Nicht mal einen Schluck Wein?«

Finn stand auf und holte die Gläser, die er mit dem Wein aus der neuen Flasche füllte. Tom beobachtete ihn, ließ seine Augen über die schmalen Hüften und den festen Arsch wandern. Wie hatte er glauben können, nicht auf Männer zu stehen? Als Finn vor ihm stand und ihm das Glas nach unten reichte, streckte Tom die Hand aus und streichelte den über ihm schwebenden Schwanz, der sich dabei schon wieder ein wenig aufrichtete.

»Eins nach dem anderen«, sagte Finn lachend und beugte sich zu Tom nach unten, um ihn zu küssen.

Toms Lippen waren nach den vielen Küssen auf ein unrasiertes Gesicht und dem intensiven Kontakt mit Finns Erektion empfindlich, doch er lechzte nach mehr. Er zog Finn zu sich heran.

»Langsam, langsam«, mahnte der leise. »Erst mal eine Stärkung.«

Sie stießen mit den Gläsern an und der Wein floss angenehm kühl durch Toms Kehle. Sie lehnten sich nackt an die Wand und verschränkten die Beine ineinander. Tom war glücklich. Er dachte kurz an die Abifeier und die verwirrende Begegnung mit Joschi. Er hatte damals furchtbare Angst gehabt, etwas zu tun, was ihm später peinlich sein könnte. Er hatte befürchtet, sich zu blamieren und von den anderen ausgeschlossen zu werden, falls herauskommen würde, dass er Schwänze geil fand. Jetzt, hier, auf dieser Matratze, wurde ihm klar, dass nichts davon schlecht war. Der Sex mit Finn war für ihn das Schönste, was er bislang erlebt hatte.

Er sah Finn an und legte seine Hand auf dessen Oberschenkel. Sein eigener Schwanz richtete sich nun auch wieder auf und er streichelte sanft über Finns Oberschenkel, nahm dessen Erektion in die Hand und wandte die ganze Zeit nicht für eine Sekunde den Blick von Finns Augen ab.

In den nächsten zwei Stunden taten sie es noch dreimal. Zwischendurch tranken sie Wein und redeten hin und wieder leise ein paar Worte. Irgendwann schliefen sie erschöpft und aneinandergekuschelt ein.

Elftes Kapitel

Als Tom am nächsten Morgen erwachte, war es hell und er hatte leichte Kopfschmerzen. Er richtete sich auf und sah sich um. Er war allein. Finns Klamotten waren genauso verschwunden wie er selbst. Tom suchte seine Boxershorts und ein frisches T-Shirt, strich sich kurz durch die Haare und ging in die Küche. Er trank zwei große Gläser Wasser, bis er sich darauf konzentrieren konnte, die Kaffeemaschine in Betrieb zu setzen. Als er nachdenklich in den Tag hinausblickte, hörte er hinter sich ein Geräusch und Peter kam hereingeschlurft.

»Guten Morgen«, sagte der. »Hattest du einen schönen Abend mit Finn?« Er nahm sich auch ein Glas Wasser und stellte sich neben Tom.

»Hast du ihn gesehen?«, fragte Tom und sah seinen Mitbewohner von der Seite an.

»Kurz. Als wir nach Hause kamen.« Peter trank in großen Schlucken. »Wir haben noch ein Glas Wein in der Küche getrunken, dann ist er gegangen.«

»Wann war das?«

»So gegen zwei denke ich. Warum?«

»Ach, nur so.«

Tom sah wieder durch die Tür zum Balkon hinaus. Der Herbst kam. Die ersten Bäume hatten welke Blätter. Peter legte ihm die Hand auf die Schulter.

»Du solltest dich nicht in Finn verlieben«, sagte er leise.

Tom wandte sich zu seinem Mitbewohner um. »Wie kommst du denn darauf?«

»Du siehst traurig aus.«

Tatsächlich machte sich eine unangenehme Schwere in Tom breit. Eine Sehnsucht nach mehr von dem, was er letzte Nacht kennengelernt hatte. Warum war Finn einfach gegangen? Er hätte ihm doch wenigstens kurz Bescheid geben können.

»Hast du schon mal eine Beziehung gehabt?«, fragte Peter.

Tom schüttelte den Kopf. Das mit Pia zählte für ihn nicht richtig. Nicht, weil sie eine Frau war, sondern vielmehr, weil er sich bei ihr nie so tief hatte fallen lassen können wie letzte Nacht mit Finn. Außerdem war der Sex mit Pia irgendwie eine Ablenkung gewesen. Sie kannten sich schließlich schon ewig. Und er begriff nun, dass sie für ihn immer eine gute Freundin gewesen war, ein Mensch, mit dem er reden konnte. Aber Verliebtsein war etwas ganz anderes.

»Ich glaube nicht, dass Finn für eine Beziehung geschaffen ist«, sagte Peter. Als Tom ihn verwundert ansah, fuhr er fort: »Für ihn ist das alles ein Spiel. Eine Jagd. Er experimentiert und leider verletzt er dabei immer mal wieder Menschen.«

»Du meinst, er macht das öfter?«

»Ich kenne ihn schon eine Weile. Er vertritt die Ansicht, dass er nichts verpassen sollte.«

Toms Herz schlug Alarm. Hitze schoss ihm ins Gesicht. Finn hatte so gewirkt, als würde er das alles nur mit Tom tun wollen. War er deshalb so verblüfft gewesen, als Tom ihm gesagt hatte, dass das sein erstes Mal war?

»Vielleicht täusche ich mich. Aber sei ein bisschen vorsichtig! Finn weiß manchmal nicht, was er tut.«

Tom trat vom Balkon zurück und zog zwei Tassen aus dem Regal. Er goss Kaffee ein und hielt Peter eine der Tassen hin.

»Ich kann mir das nicht vorstellen«, sagte er dann. »Er war so überschäumend und wirkte total zufrieden, als er hier war.«

»So ist Finn. Er ist wie früher die Klassenclowns in der Schule: Er zieht alle in seinen Bann, lacht und ist immer fröhlich. Aber er hat auch andere Seiten.«

»Die haben wir doch alle.«

»Sicherlich. Aber wir verletzen uns meist nur selbst damit und nicht andere.«

Tom dachte wieder an Pia. Sie hatte er verletzt und das hatte er sich nicht verziehen. Sie ihm offenbar auch noch nicht, aber das konnte er ihr nicht verdenken.

»Und was soll ich jetzt tun?«

»Genieß das Leben! Du bist jetzt hier. Die Stadt wimmelt nur so vor gut aussehenden Schwulen. Stürz dich in die Szene und geh mit tollen Kerlen in die Kiste! Aber tu mir den Gefallen und häng dein Glück nicht an Finn.«

Tom musste nachdenken. Er zog sich in sein Zimmer zurück und setzte sich auf die Matratze. Der Raum roch nach Schweiß und Lust. Und nach Finn. Der leichte Geruch von Curry schwebte noch durch die Luft. Tom vergrub das Gesicht in den Laken und sog Finns Duft in sich auf. Er wollte nicht glauben, dass das jetzt schon wieder vorbei war. Finn würde sich bestimmt bald bei ihm melden.

Tom suchte nach seinem Handy. Er schaltete es ein und sofort trudelten mehrere WhatsApp-Nachrichten ein. Von Pia und einem Kommilitonen, der eine Seminargruppe leitete, von seiner Mutter und von Joschi, den er ja längst hatte anrufen wollen. Aber keine von Finn. Er schrieb ihm also kurzerhand einen Gruß, ohne zu aufdringlich zu sein. Doch neben der Nachricht erschien nur ein Häkchen. Sie kam nicht zu Finn durch.

Joschi wollte wissen, ob er mittlerweile in der Stadt angekommen sei, und Tom rief ihn an, nachdem er geduscht hatte.

»Klar können wir zusammen ausgehen!«, sagte Joschi begeistert. »Ich war mir nicht sicher, ob du mich wirklich sehen willst. Du wirktest bei dem Gemeindefest irgendwie unschlüssig.«

Joschi nannte ihm die Kneipe, in der sie sich treffen würden. Dann erzählte Tom ihm in wenigen Worten, was er letzte Nacht erlebt hatte, ohne ins Detail zu gehen.

»Ich wusste doch, dass du schwul bist«, sagte Joschi lachend. »Herzlich willkommen in der Stadt! Hier bist du genau richtig. Wir machen heute Abend so richtig einen drauf und ich stelle dich allen schwulen Singles vor. Versprochen.«

Tom war sich nicht sicher, ob er unbedingt gleich *alle* ungebundenen Schwulen kennenlernen wollte, aber feiern gehen klang für ihn nach einem guten Plan. So musste er auch nicht weiter darüber nachdenken, warum Finn seine Nachricht nicht bekam.

ZWÖLFTES KAPITEL

TOM TRAF SICH mit Joschi in einer Kneipe im Studentenviertel. Der Raum war voll, die Musik dudelte im Hintergrund, ständig kamen neue Leute rein und begrüßten andere lautstark. Sie tranken Bier, unterhielten sich über die zurückliegenden Jahre und Tom verstand mehr und mehr, weshalb sich Joschi hier so wohlfühlte.

»Ich hab es in dem Kaff einfach nicht mehr ausgehalten«, meinte Joschi. »Dieses engstirnige Denken. Nichts kannst du machen, ohne dass gleich das ganze Dorf davon erfährt. Und wenn ich mir unsere ehemaligen Mitschüler angucke, die heute in ihren Neubauten hocken, die im Grunde genauso aussehen wie die Häuser ihrer Eltern, dann kriege ich das Gruseln.«

»Du fährst also nicht mehr oft nach Hause?«

»Mein Zuhause ist jetzt hier. Zweimal im Jahr besuche ich meine Eltern. Aber ich treffe mich kaum noch mit den Leuten von früher. Damit habe ich abgeschlossen. Die meisten verstehen mein Leben nicht und ich will auch nichts über Baufinanzierung und Babynamen wissen.«

Tom musterte Joschi, der heute viel entspannter wirkte als auf dem Gemeindefest in der Provinz. Während er ihm in der alten Heimat irgendwie gehemmt und in sich zurückgezogen vorgekommen war, lebte er an diesem Abend auf. Für einen kurzen Moment fragte sich Tom, ob Joschi sich während der Abizeit in ihn verliebt hatte und deshalb so schnell aus dem Dorf verschwunden war. Direkt fragen wollte er ihn aber lieber nicht.

»Suchst du nach einer Beziehung?«, fragte er, um sich dem Thema vorsichtig anzunähern.

Joschi zog die Augenbrauen hoch und sah ihm tief in die Augen.

»Du weißt doch, dass du meine einzige Liebe bist«, sagte er mit ernstem Gesichtsausdruck. Und als Tom ihn erschrocken ansah, lachte er. »Das war ein Scherz. Aber wenn du es genau wissen willst: Ich hatte mich damals ein bisschen in dich verguckt. Aber ich bin darüber weg und wieder auf der Jagd.«

»Ist das so ein Ding der Stadt: auf der Jagd sein?«

Joschi zuckte mit den Schultern. »Manchmal ist es schwer, sich festzulegen, wenn es so viele Reize gibt.«

»Bislang habe ich davon noch nicht viel mitgekriegt.«

»Dann lass uns gehen.«

Joschi winkte nach der Kellnerin, bezahlte und erhob sich.

»Wohin gehen wir?«, erkundigte sich Tom.

»In eine der bekanntesten Bars der Szene. Ist nicht weit.«

Tatsächlich waren sie nur zehn Minuten zu Fuß unterwegs, bis sie in eine Straße einbogen, in der alle Kneipen mit Regenbogenflaggen geschmückt waren.

»Warst du schon mal in einem schwulen Klub?«, fragte Joschi, als sie vor einer überfüllten Bar an einer Straßenecke haltmachten.

»Ich wusste nicht, dass Klubs schwul sein können.«

Joschi knuffte ihn freundschaftlich in die Seite und

ging dann auf die Bar zu. Tom war aufgeregt und fühlte sich unsicher. In dem Klub schienen ausschließlich Männer zu feiern und draußen kam ein Durcheinanderrauschen von Stimmen und Musik an. Tom spürte die Wirkung des Biers, die ihn etwas mutiger machte, als er sonst war, und er war gespannt, was auf ihn zukam. Doch mit dem, was ihn erwartete, hatte er nicht gerechnet.

Joschi drückte die Tür zum Klub auf und zog Tom hinter sich her. Die Lautstärke umgab sie sofort wie eine Blase. Die Luft war schwer und roch nach unterschiedlichen Deos und Parfüms, nach Schweiß und Bier. Die Stimmung war aufgeheizt und ein sexuelles Prickeln lag über allem.

»Bier?«, schrie Joschi ihm ins Ohr.

Tom nickte. Die Männer standen dicht gedrängt, sie bewegten sich leicht im Takt der Musik und Tom fielen die Blicke auf, mit denen sie ihn taxierten. Er wurde begutachtet. Und offenbar von einigen Männern für passabel befunden. Er erntete freundliches Nicken von einem hübschen Kerl in seinem Alter rechts, ein Augenzwinkern von einem etwas älteren links, und als er sich durch die Menge schob, spürte er kurz eine Hand an seinem Hintern.

»Wow!«, rutschte es ihm raus, als Joschi ihm das Glas in die Hand drückte.

»So ging es mir damals auch«, lachte der und sie stießen an.

Die wummernden Bässe vibrierten in seinem Bauch und er war froh, dass er keine Jacke angezogen hatte. Tom ließ den Blick über die Menge wandern. Die Männer hier waren alle zwischen Anfang zwanzig und Mitte dreißig. Die meisten sahen ziemlich gut aus, wenn auch in gewisser Hinsicht etwas ähnlich. Die Frisuren schienen aus einer Hand zu kommen und die T-Shirts und Hemden wirkten ausnahmslos teuer. Von den Hosen konnte Tom nicht viel sehen, weil die Leute dafür zu eng standen.

Hinten am Fenster entdeckte er eine einzige Frau, die sich angeregt mit einem Typen unterhielt, den Tom sofort ziemlich attraktiv fand. Joschi bemerkte seinen Blick und wandte sich um. Er lachte wieder.

»Tu dir keinen Zwang an. Geh einfach rüber!«

»Dafür brauche ich noch mehr Alkohol.«

Gerade wollte er sich zur Theke durchdrängen, da schwebte zwischen ihm und Joschi eine Hand mit zwei Biergläsern.

»Prost Mädels!«, rief ihnen der Kerl zu, der Tom beim Reinkommen zugezwinkert hatte. »Ich bin Malte.«

»Danke!«, brüllte Joschi und nahm eins der Gläser. »Joschi.«

Tom war irritiert. Sollte er das Glas nehmen? Erwartete Malte irgendwas dafür? Was war mit diesen K.-o.-Tropfen? Aber Joschi schien keine Bedenken zu haben, nippte an seinem Glas und zwinkerte ihm zu.

»Du bist neu hier, hab ich recht?«, fragte Malte mit einem Lächeln im Gesicht.

»Er muss sich erst daran gewöhnen«, antwortete Joschi.

Tom nahm das Glas und prostete Malte zu, der sich danach wieder umdrehte und seinen Freunden zuwandte, die in einer kleinen Gruppe direkt neben Tom und Joschi standen.

»Warum gibt der uns ein Bier aus?«, erkundigte sich Tom.

»Das ist die Stadt«, entgegnete Joschi. »Das ist hier normal.«

Tom trank. Von allen Seiten drängten Körper auf ihn zu, sie schoben ihn mal in die eine, mal in die andere Richtung. Er spürte die Wärme, berührte nackte Arme. Hin und wieder drückte sich jemand auf dem Weg zur Bar an ihm vorbei, dankte mit einem Nicken, wenn Tom Platz machte, legte ihm eine Hand auf die Schulter oder an die Hüfte.

Allmählich entspannte er sich und genoss es einfach. Er fühlte sich wohl, denn zum ersten Mal in seinem Leben brauchte er sich nicht zu verstellen. Niemand kannte ihn und erwartete irgendwas von ihm. Das war grandios.

Malte kam noch einmal vorbei, reichte ihnen wieder zwei Getränke und unterhielt sich dann mit Joschi. Tom ließ sich in die Geräusche und Gerüche fallen. Er fühlte sich, als wäre er schon zigmal in diesem Klub gewesen. Die Musik rauschte durch seine Ohren und das Bier machte ihn ein bisschen taumelig. Er ließ den Blick durch den Raum schweifen. Der Typ am Fenster sah direkt zu ihm hinüber. Tom nickte vorsichtig und der andere tat das Gleiche, gefolgt von einem Lächeln. Er sagte etwas zu seiner Freundin, die neugierig zu Tom herüberschaute und lachte. Dann drängte er sich durch die Menge auf Tom zu.

Tom lief die Hitze über den Rücken. Kam der jetzt etwa zu ihm? Was sollte er tun? Er sah hilfesuchend zu Joschi herüber, doch der war in das Gespräch mit Malte vertieft. Bevor er noch einen weiteren Gedanken fassen konnte, legte sich eine Hand auf seine Schulter. Der Kerl vom Fenster sah aus der Nähe noch besser aus. Er war ein bisschen größer als Tom, hatte kurze dunkelblonde Haare und unter dem T-Shirt konnte Tom einen kräftigen Körper erahnen. Seine fein gezeichneten Lippen

öffneten sich und Tom war vom Schwung seines Amor-
bogens hingerissen.

»Hi!«, sagte der Fremde. »Ich bin gerade auf dem
Weg zur Theke. Willst du ein Bier?« Er lächelte Tom zu
und der nickte.

»Ich bin Marcel«, sagte er, als er Tom das Glas in die
Hand drückte. »Ich hab dich hier noch nie gesehen.«

»Ich bin auch zum ersten Mal hier.«

»Dann habe ich ja Glück, dass ich mit dir reden
kann.«

»Was meinst du damit?«

»Na, du bist Frischfleisch.« Marcel schmunzelte und
trank einen Schluck. »Jeder, der hier neu reinkommt,
wird erst mal genau begutachtet. Und ich habe schon
ein paar von den Kerlen über dich tuscheln hören.«

Tom war erstaunt. »Kennt ihr euch alle untereinan-
der?«, fragte er.

»Die meisten habe ich schon mal gesehen. Ich bin regelmäßig hier, da kennt man die Leute eben. Zumindest
vom Sehen.«

Sie unterhielten sich und Tom erzählte, woher er
kam und was er in der Stadt machte. Marcel berichtete
von seiner Arbeit als Tierpfleger im Zoo und erzählte
einige amüsante Anekdoten über die Tiere und vor allem die Besucher, die sich offenbar ständig danebenbe-
nahmen. Irgendwann verabschiedete sich Joschi von
Tom und wurde von Malte nach draußen gezogen.

»Ein Freund von dir?«, erkundigte sich Marcel und
sah Joschi nach.

Und Tom erzählte, woher er Joschi kannte. Dann
ging er, die nächste Runde bestellen. Als Tom mit den
neuen Getränken zurückkam, legte Marcel ihm eine
Hand an die Hüfte. Tom genoss die Nähe und legte ihm

seinerseits die Hand auf den Arm. Immer wieder blieb sein Blick an dem Amorbogen an Marcels Oberlippe hängen und er hätte gerne mit dem Finger darübergestrichen. In diesem Moment näherte Marcel sich ihm langsam. Er legte seine Lippen auf Toms. Der öffnete seinen Mund. Er spürte die Wärme und die weiche Zunge, die sich seiner nun sanft entgegenschob. Marcels Hand wanderte an seiner Hüfte hinab bis zu seinem Hintern und blieb dort liegen.

Marcels Zunge vollführte Kunststücke, die für Tom völlig neue Erfahrungen waren. Die Zunge erforschte seine Lippen, schlang sich um seine eigene Zunge, forderte und stieß vor und zurück. Tom bekam eine Erektion, die von innen gegen seine Hose drückte. Und jetzt drängte sich Marcel auch noch sanft gegen ihn. In einer Hand hielt Tom weiterhin sein Glas fest und für einen kurzen Moment wurde ihm bewusst, dass sie sich mitten in einem Klub befanden und dicht von Menschen umgeben waren. Er verkrampfte sich.

»Was ist los?«, fragte Marcel ihn und berührte dabei mit seinen Lippen Toms Ohrmuschel, was bei ihm eine wohlige Gänsehaut verursachte.

»Ich ...«, stammelte Tom etwas durcheinander. »Ach, egal. Ich muss mich noch daran gewöhnen, zwischen vielen Leuten zu knutschen.«

»Wenn's dir zu voll ist, können wir auch gehen.«
Marcel sah ihm tief in die Augen.

»Nee, passt schon«, antwortete Tom.

»Dann helfe ich dir mal, dich an die neue Situation zu gewöhnen.«

Marcels Lippen schwebten wieder auf Tom zu und die Zunge schob sich erneut in seinen Mund. Das durfte so weitergehen. Ihre Zungen spielten miteinander und zwischendurch machten sie hin und wieder eine kurze Pause, um einen Schluck Bier zu trinken und ein paar Worte zu wechseln. Immer drängender bettelte Toms Schwanz um Aufmerksamkeit und jetzt drückte sich Tom auch selbst näher an Marcel heran. Dessen Hand wanderte nun vom Hintern nach vorne und rieb Toms Erektion durch die Jeans hindurch. Nach und nach spürte Tom die Erregung in jeder einzelnen Pore.

»Sollen wir ein bisschen an die frische Luft gehen?«, fragte Marcel und Tom nickte.

Sie kämpften sich durch die Menschenmenge, die seit Toms Ankunft noch dichter geworden war. Aus den Augenwinkeln sah er neben der Tür Finn im Gespräch mit einem anderen Mann. Tom blieb kurz stehen, wurde dann aber von Marcel weiter nach draußen gezogen. Hatte Finn sich in der Zwischenzeit bei ihm gemeldet? Tom hatte völlig vergessen, auf sein Handy zu schauen, aber auch jetzt blieb ihm keine Gelegenheit, es aus der Hosentasche zu ziehen.

Die kühle Luft tat ihm gut. Er spürte Marcels Hand zwischen seinen Fingern und wurde von ihm in einen Hauseingang gezogen. Marcel drückte Tom an die Hauswand. Hier hatten sie mehr Platz als in dem engen Klub und er zog Toms Gesicht ohne Umschweife zu seinem heran. Die Zungen fanden sich wieder und erforschten einander weiter. Und Marcels Hände schoben sich nun unter Toms Shirt und streichelten seinen Rücken, die Hüften, wanderten von unten bis zum Nacken hinauf. Seine Küsse und seine Bewegungen wurden immer fordernder.

Auch Toms Hände erkundeten Marcels Körper. Er fühlte sich fest an, allerdings weniger trainiert, als Tom gedacht hatte. Seine Hände ertasteten die warme Haut unter dem T-Shirt und erspürten den Bund der Unterhose, der ein wenig oberhalb der Jeans herausragte. Mutig fuhr er mit einer Hand nach vorne und fand Marcels Erektion, die unter der Berührung zuckte. Die Lust erfasste Tom wie eine unerwartete Böe. Vorsichtig drückte er noch einmal den Schwanz von Marcel, bevor er seine Hände wieder an weniger gefährliche Orte schickte. Er musste sich ein bisschen zurückhalten. Sonst ...

Aber Marcel presste seine Hüfte jetzt noch energischer gegen Toms Erektion. Seine Hände schienen überall gleichzeitig zu sein. Der Druck in Toms Schwanz verstärkte sich noch einmal, er wollte Marcel bitten, sich ein bisschen zurückzunehmen, da spürte er auch schon einen Schwall Wärme durch sein Rückgrat jagen, seine Hoden zogen sich zusammen und gleichzeitig schoss der Samen aus seinem steifen Glied.

Marcel hatte nichts davon mitbekommen und spielte erneut mit seiner Zunge in Toms Mund. Tom wollte sich nichts anmerken lassen und machte weiter mit. Und auch trotz des Orgasmus fühlte es sich toll an, Marcels Hände auf dem Körper zu spüren. Er hoffte bloß, dass sein Sperma nicht als feuchter Fleck auf seiner Jeans zu sehen war. Wie damals mit Joschi.

Aus den Augenwinkeln nahm Tom plötzlich wahr, wie er angestarrt wurde. Finn stand nur zwei Meter von ihm entfernt. Als Tom seine Lippen von Marcels Mund löste, um Finn anzusehen, zwinkerte der ihm zu und ging weiter. Plötzlich schämte sich Tom dafür, hier mit einem Unbekannten in einem Hauseingang zu stehen und für alle sichtbar rumzumachen. Er schob Marcel sanft ein paar Zentimeter von sich. Mit einem Mal spürte er den Alkohol unangenehm im Körper. Eine leichte

Übelkeit kroch in ihm hoch und Tom war nicht allzu sicher auf den Beinen. Doch Marcel stand die Geilheit noch voll ins Gesicht geschrieben und seine Augen funkelten Tom an.

»Hör mal«, sagte er, »da drüben steht ein Taxi. Sollen wir das nicht nehmen und zu dir fahren?«

Tom war sofort klar, dass er Marcel nicht mit zu sich ins Zimmer nehmen wollte. Nicht wegen Peter und Jula. Auch nicht wegen Finn. Sondern wegen sich selbst. Ihm war nicht wohl dabei, schon wieder mit einem Kerl ins Bett zu gehen. Er hatte weder die Bettwäsche gewechselt noch war das Sperma in seiner Hose schon getrocknet. Das reichte ihm für heute. Das ging alles viel zu schnell. Was tat er hier eigentlich? Aus den Augenwinkeln sah er Finn in die nächste Querstraße abbiegen.

»Ich weiß nicht«, gab Tom zögerlich zurück. Um Zeit zu gewinnen, fragte er: »Warum zu mir?«

»Meine Schwester ist bei mir zu Besuch. Du hast sie vorhin im Klub gesehen. Bei mir ist es also eher ungünstig.«

Was sollte er denn jetzt tun? Marcel war echt sexy und er war offensichtlich total scharf auf ihn. Aber in ihm sperrte sich etwas dagegen, mit Marcel in ein Taxi zu steigen, um Sex zu haben. Das zweite Mal in achtundvierzig Stunden.

»Was ist jetzt?«, grummelte Marcel unruhig. Er zog sein Handy aus der Hosentasche und sah auf das Display. »Es ist schon nach zwei. Wenn ich noch einen anderen abschleppen will, habe ich nicht mehr viel Zeit.«

Schlagartig war Tom nüchtern. Hatte er richtig gehört? Marcel wollte also bloß ficken. Und wenn er Tom nicht haben konnte, würde er sich irgendeinen anderen

Typen aus der Bar aussuchen und abschleppen? Tom fühlte sich, als hätte Marcel ihn wie ein Spielzeug aufgehoben und stellte jetzt den Anspruch, dass er auch so funktionierte, wie er es erwartete.

»Lass uns das ein andermal weiterführen«, sagte Tom und zog ebenfalls sein Handy aus der Jeans.

»O.k., letzte Chance.« Marcel lächelte ihm leicht gequält zu. »Wir nehmen das Taxi und fahren zu dir. Wir können die ganze Nacht ficken.«

Tom trat einen Schritt aus dem Hauseingang heraus und blickte in die Richtung, in die Finn verschwunden war.

»Nicht heute.«

»So ein Scheiß!«, fluchte Marcel leise. »Dann geh ich jetzt wieder rein und suche mir einen anderen.«

Er drehte sich wortlos um und ging auf den Klub zu. Tom starrte ihm irritiert nach, während Marcel durch die Tür verschwand. Eine trostlose Leere machte sich in ihm breit. Das, was Marcel sich da vorstellte, war einfach nicht das, was Tom wollte. Aber was wollte er denn eigentlich? Unschlüssig überlegte er, ob er wieder in den Klub zurückkehren sollte. Doch dann entschied er sich anders. Er ordnete seine Klamotten, wandte sich um und rannte hinter Finn her. Er spürte im ganzen Körper, dass das die richtige Entscheidung war.

Er sah Finn natürlich nicht mehr, denn der war ja in die Querstraße eingebogen. Auf dem Handy entdeckte er, dass Finn seine Nachricht zwar mittlerweile bekommen, aber nicht darauf geantwortet hatte. Tom bog um die Straßenecke und vor ihm lag eine leere Gasse. Er hastete weiter, blickte in Innenhöfe und Hauseingänge, doch nach einer Weile musste er sich eingestehen, dass er Finn verpasst hatte.

Mist! Er hatte sich offenbar doch in ihn verknallt, obwohl Peter ihm davon abgeraten hatte. Und vermutlich hatte er es jetzt verbockt, weil er mit einem anderen herumgemacht hatte, statt auf seine Nachricht zu warten.

Dreizehntes Kapitel

Das Handy brummte irgendwo in seinem Zimmer, als Tom am nächsten Mittag erwachte. Er schlug die Augen auf und starrte an die Decke. Wie war er nach Hause gekommen? Ach ja, zu Fuß. Nach den eigentümlichen Begegnungen der letzten Nacht hatte er frische Luft gebraucht.

Tom richtete sich auf, spürte den Schmerz hinter den Augen und dachte an diesen Marcel. Was für ein Vollidiot! Er hatte Tom doch tatsächlich vor die Wahl gestellt, entweder sofort mit ihm ins Taxi zu steigen, oder er würde einen anderen Typen abschleppen. Wer machte denn so was?

Eine Weile hatte das Handy Ruhe gegeben, jetzt meldete es sich wieder. Und Tom hatte den Eindruck, dass es vehementer brummte als vorhin. Stöhnend wühlte er sich aus seiner Decke, schob seine Klamotten zur Seite, aus denen er sich irgendwann in dieser Nacht herausgeschält hatte, und entdeckte seine Morgenlatte.

»Guten Morgen«, raunte er ihr zu und strich mit dem Zeigefinger über die Spitze der Eichel.

Er stieg in seine Boxershorts und suchte das Telefon. Er fand es in seiner Hosentasche, zusammen mit einem Zettel, auf dem eine Telefonnummer stand. Mit einem Namen, den er nicht kannte. Irgendjemand musste ihm die Nummer in der Bar zugesteckt haben. Aber Tom war die Lust auf Sex mit Unbekannten vergangen und er zerknüllte den Zettel.

Wieder meldete sich das Handy. Tom sah aufs Display. Pia. Er stöhnte innerlich, nahm dann aber den Anruf an. Er schuldete ihr das, wenn sie sich schon meldete. Sein schlechtes Gewissen ihr gegenüber siegte in dem Fall gegen seine Katerstimmung.

»Guten Morgen Schlafmütze«, kicherte sie in sein Ohr. »Du hast doch nicht wirklich bis jetzt geschlafen, oder?«

»Wie spät ist es denn?«

»Zwölf Uhr ist schon durch. Also steh auf und stell dich der Welt!«

Ihm blieb wohl nichts anderes übrig. Also schlurfte er mit Pia am Ohr aus seinem Zimmer in die Küche, fand lauwarmen Kaffee in der Kaffeemaschine, den er sich eingoss, und kroch dann wieder unter seine Bettdecke.

Pia war scheinbar nur noch ein bisschen sauer auf ihn und überschüttete ihn mit Neuigkeiten aus dem Dorf. Auch sie war gestern feiern gewesen, hatte in der Kreisstadt in einer Disco getanzt und sich von einem jungen Schweinebauern vor ihrer Tür absetzen lassen.

»In der Disco ist mir das nicht aufgefallen, nicht mal beim Knutschen, aber als ich neben ihm im Auto saß, habe ich die Schweine gerochen.« Sie lachte. »Ich konnte ihn nicht mit zu mir reinnehmen. Und ich glaube, er war ziemlich frustriert.«

Im Grunde ähnelte Pias Geschichte ein bisschen der seinen. Am Ende war immer jemand gefrustet. Kurz schoss Tom der Curry-Geruch von Finn durch den Kopf und er zog sein Kopfkissen zu sich heran, in dem er ihn gestern Vormittag noch hatte riechen können. Jetzt war es nicht mal mehr ein Hauch. Ärgerlich stieß er das Kissen wieder von sich.

»Tom, was ist mit dir los?«, erkundigte sich Pia. »Seit du weggegangen bist, hört keiner mehr was von dir.«

»Ich bin halt viel unterwegs«, rechtfertigte sich Tom.

»Selbst deine Mutter hat mich schon angerufen und wollte wissen, was du eigentlich treibst.«

Tom stöhnte. »Die kann sich doch direkt bei mir melden, wenn sie das wissen will.«

Und dann erzählte er. Von der Uni und den komischen Leuten, denen er dort begegnete, von seiner völlig erfolglosen Suche nach einem Job und von seiner WG. Pia hörte ihm zu und Tom hatte den Eindruck, dass sie ein bisschen neidisch auf sein neues Leben war.

»Ich muss dich dringend besuchen. Ich will doch wissen, wie du lebst und mit wem du zusammenwohnst.«

Tom war sich nicht sicher, ob das zurzeit eine gute Idee war. Doch natürlich sagte er das nicht.

Dann erzählte er ihr, wie er Finn getroffen hatte und durch ihn an sein Zimmer gekommen war. Und von dem weinseligen Abend in seinem Zimmer. Und – zumindest in einer zensierten Fassung – von seiner ersten richtigen Erfahrung mit einem Mann. Er wusste nicht genau, warum er überhaupt davon angefangen hatte. Aber als er einmal begonnen hatte, konnte er auch nicht mehr aufhören. Es tat gut, Pia das alles zu erzählen. Sie kannte ihn wie niemand sonst und würde das verstehen. Vielleicht hatte ihn auch ihre Geschichte von der Knutscherei mit dem Schweinebauern ermutigt. Gespannt wartete er auf ihre Reaktion. Sein Herz schlug ihm bis in den Hals und die Hand, mit der er das Handy an sein Ohr drückte, zitterte leicht. Er hörte Pia am anderen Ende der Leitung atmen, doch sie schwieg. Sie schwieg so lange, bis er schon glaubte, sich ihr Atmen nur einzubilden. Dann sog sie die Luft scharf zwischen den Zähnen ein.

»Das ist es also«, sagte sie tonlos. »Darum hast du dich von mir getrennt und hast mich abserviert? Weil ich keinen Schwanz zwischen den Beinen habe!«

»Das ist Quatsch«, hörte Tom sich sagen, obwohl er ahnte, dass sie zumindest in Teilen recht hatte. »So einfach ist das nicht. Ich wäre bei uns im Dorf eingegangen, ich musste einfach da raus.«

»Ich kapiere das nicht. Du hättest mir das doch sagen können. Stattdessen mache ich mir ständig Gedanken, ob ich irgendwas falsch gemacht habe. Das war echt ätzend.«

»Das tut mir leid. Ich wollte nicht, dass du dich wegen mir mies fühlst.«

»Was ist mit deinen Eltern. Wissen die Bescheid?«

»Bist du verrückt? Die würden das nie verstehen!«

»Hast du dich in den Typen verknallt?«, fragte sie weiter.

»In Finn?«

»Heißt er so?«, wollte sie gereizt wissen.

Die Art, wie Pia diese Fragen ausspuckte, machte Tom plötzlich klar, wie schwer sie von seinem Geständnis getroffen war. Er hätte ihr von seinen Gefühlen erzählen sollen. Aber er war sich doch selbst so unsicher gewesen. Und war es immer noch. Hatte er sich in Finn verknallt? Letzte Nacht war er davon überzeugt gewesen. Jetzt war er irgendwie nicht mehr so sicher. Finn hatte sich immer noch nicht zurückgemeldet. Nach seiner Abschleppnummer vor der Bar war das vielleicht auch nachvollziehbar.

»Ich weiß es nicht«, sagte Tom zögerlich. »Ich kenne ihn ja kaum.«

»Dann behandelst du diesen Typen also genauso wie mich«, stellte Pia trocken fest. »Das ist echt nicht fair. Du gehst mit Menschen um wie mit einem Hamster, den man sich zu Weihnachten wünscht und kurz darauf im Tierheim abgibt.«

Tom war getroffen. Stimmte das, was Pia da sagte? Ging er wirklich mit Menschen so um? Er hatte Finn kaum Zeit gegeben, sich bei ihm zu melden. Und Marcel hatte er letzte Nacht auch einfach stehen lassen. Wobei ... Moment. *Der* hatte ihn ja vor ein Ultimatum gestellt. Und wie war das mit Pia? Tom war völlig durcheinander. Frustriert stellte er den jetzt kalten Kaffee neben seine Matratze.

»Finn meldet sich nicht mehr bei mir«, sagte Tom müde. Er war es leid, sich zu verteidigen. »Und du hast mir mit dem Grundstück die Pistole auf die Brust gesetzt.«

»Weil alles danach aussah, als ob du ohne Antrieb keine Entscheidung treffen konntest!«, raunzte Pia ihn durchs Telefon an.

»Ich habe mich entschieden, wie du genau weißt«, entgegnete Tom energischer. Er wollte sich diese Ungerechtigkeiten von denen, die ihn offensichtlich nicht verstehen *wollten*, nicht länger gefallen lassen. »Ich lebe in einer anderen Stadt, habe mit dem Studium begonnen. Das sind alles Entscheidungen, die ich mir nicht leicht gemacht habe. Ich habe mich nur nicht so entschieden, wie du es gerne wolltest.«

Sein Herz hämmerte von der Anstrengung, für sich einzustehen, als hätte er einen Hundert-Meter-Sprint hinter sich gebracht.

»Und deine Eltern belügst du weiter?«, fauchte Pia ihn an.

Dieses Telefonat nervte Tom mordsmäßig. Wenn Pia mit ihrem Leben unzufrieden war, dann gab ihr das doch noch lange keine Berechtigung, sich in sein Leben einzumischen. Bis eben hatte sie ihm leidgetan, aber jetzt war er nur noch wütend auf sie. Sie hatte kein Recht, ihm vorzuwerfen, dass er war, wie er war. Aber er wollte auch nicht länger mit ihr streiten.

»Irgendwann werde ich es ihnen schon erzählen«, erwiderte Tom also nur.

»Dein Vater versteht überhaupt nicht, weshalb du dich von ihnen losgesagt hast. Du musst das klären.«

»Ich habe mich doch nicht losgesagt«, stöhnte Tom. »Ich bin bloß weggezogen.«

»Aber aus anderen Gründen, als du ihnen gesagt hast.«

»Das ist nicht fair«, sagte Tom erschöpft. »Wie kann ich ihm etwas erklären, das für mich selbst noch so völlig neu ist? Ich muss mich gerade erst einmal zurechtfinden mit allem ...«

»Sei nicht so egoistisch! Du hättest es wenigstens versuchen müssen. Aber wenn du dazu nicht in der Lage bist, dann übernehme ich das mal wieder für dich. Im Grunde erwartest du das doch genau so: Andere sollen deine Aufgaben übernehmen, weil du sie selbst nicht auf die Kette kriegst.«

Schon wieder ein Vorwurf, den Tom erst mal verarbeiten musste. Das war ungerecht. Er hatte so lange stillgehalten und sich angepasst. Er wollte das einfach nicht mehr. Er wollte auf eigenen Beinen stehen und unabhängig sein.

»Ich erzähle meinen Eltern das selbst«, widersprach er und hoffte, das Thema damit zu beenden.

»Keine Chance!«, fauchte Pia ihn an. Sie war jetzt offenbar total geladen. »Dein Vater löchert mich ständig, was mit dir ist und ob ich mit dir gesprochen habe.«

Tom spürte eine riesige Wut in sich hochkochen. Was bildete Pia sich eigentlich ein? Wenn sie seinem Vater erzählte, dass er Sex mit Männern hatte, dann würde der ... Ja, was denn eigentlich? Was würde sein Vater tun? Tom wusste es nicht. Aber er war auch noch nicht dazu bereit, das herauszufinden.

»Pia! Lass es sein!«, bat Tom.

»Von wegen! Wir werden ja sehen, was dann passiert«, zischte Pia zurück und beendete das Gespräch.

Scheiße! Tom hatte Pia vertraut. Er hatte unterschätzt, wie sehr er ihr wehgetan hatte, nur weil er sich ihre Freundschaft zurückgewünscht hatte. Und jetzt drohte sie ihm, alles kaputt zu machen. Wieder ein Ultimatum. Das durfte sie nicht! Er rief sie sofort noch einmal an, aber sie drückte den Anruf weg. Er versuchte es erneut, aber jetzt ging die Mailbox dran. Er schrieb ihr eine WhatsApp-Nachricht. Doch sie antwortete nicht.

»So eine verfickte Scheiße!«, fluchte Tom und schlug mit der Faust auf sein Kissen. Dabei fiel die noch halb volle Kaffeetasse um, die neben der Matratze stand, und der kalte Kaffee floss über den Boden.

Vierzehntes Kapitel

Die ganze folgende Woche lang versuchte Tom immer wieder, Pia ans Telefon zu kriegen. Aber sie weigerte sich konsequent, mit ihm zu sprechen. Tom fragte sich, ob sie ihre Drohung wirklich wahr machen und seinem Vater alles erzählen würde. Insgeheim hoffte er, dass sie ihn doch noch verstehen würde, wenn ihre Wut erst mal ein wenig verraucht war. Dieser Gedanke half ihm, sich wieder auf sein neues Leben in der Stadt zu konzentrieren.

Das Studium war zwar spannend, aber er haderte noch immer mit den vielen Menschen und der Anonymität der Uni. Er traf nur wenig Leute zweimal und auf dem riesigen Campus lief ihm auch Joschi entgegen seiner Erwartung nie zufällig über den Weg. So kam es ihm vor, als würde er die Seminare ständig zum ersten Mal besuchen. Zwar erkannte er ein paar Menschen wieder, die er in der Woche zuvor schon gesehen hatte, aber er traute sich nicht, sie anzusprechen. Die Einschätzung seines Vaters, dass er zu dumm für ein Studium sei, hatte sich tief in sein Hirn eingebrannt. Und jedes Mal, wenn er kurz davor war, jemanden in der Uni zu grüßen, fiel sein Blick auf die Bücher in den Händen der anderen oder er fing einen Gesprächsfetzen auf, der total gebildet klang. Vielleicht war er ja wirklich zu blöd für das hier. Vielleicht hätte er in seinem Dorf und bei seinem Job in der Kreisverwaltung bleiben sollen. *Schuster, bleib bei deinen Leisten,* sagte sein Vater so gerne, wenn er mit etwas Unbekanntem konfrontiert wurde. Aber so wie sein Vater wollte er ja nicht sein! Sich den Rest seines Lebens verstecken, eine Frau heiraten, ein Haus bauen und Kinder kriegen. Und dann mit Mitte vierzig durchdrehen und vor einen Zug springen. Also riss er sich zusammen und kämpfte sich durch seinen neuen Alltag.

Die Woche verging mit tausend neuen Eindrücken, der zeitaufwendigen, aber erfolglosen Suche nach einem Nebenjob und dem Verstehen der Seminarinhalte, die er mühsam in seinen Kopf hämmerte. Als Joschi ihm vorschlug, am Freitagabend wieder in die schwule Bar zu gehen, wurde ihm bewusst, wie rasant die Tage gerade an ihm vorbeirauschten.

Tom kam es so vor, als sei er schon zigmal hier gewesen, als er erschöpft von der Woche mit Joschi die volle Bar betrat. Ein paar Männer, die er schon letzte Woche gesehen hatte, nickten ihm freundlich zu. Und anders als in der Uni fühlte er sich in diesem Umfeld irgendwie geborgen, obwohl beide Orte für ihn ja völlig neu waren. Nur hatte er den Eindruck, dass er hier nichts verstecken brauchte und sich so geben konnte, wie er war. Nur vor einer Begegnung mit Marcel grauste ihm ein wenig.

Er hätte damit rechnen müssen, an diesem Abend auch Finn wieder über den Weg zu laufen, war allerdings nach den überfüllten Veranstaltungen in der Universität mit den unzähligen unbekannten Menschen nicht auf die Idee gekommen, tatsächlich auf ein bekanntes Gesicht zu stoßen. Umso mehr überraschte es Tom, als Finn plötzlich neben ihm auftauchte. Und er ärgerte sich ein wenig, wie sehr er sich darüber freute. Die Musik war lauter als am letzten Wochenende, die Leute irgendwie aufgeregter und vermutlich lag es an der zeitlichen Nähe zum 11.11., dass die Menge bei jedem dritten Lied laut mitgrölte. Schreiend unterhielt er sich eine Weile mit Finn, doch der hatte einen Freund dabei, mit dem er immer wieder in die Karnevalslieder einfiel, die Tom weder kannte noch mochte. Sie sprachen über Belangloses, obwohl Tom ihn gerne gefragt hätte, warum er sich nicht bei ihm gemeldet hatte. Toms Knutscherei im Hauseingang erwähnte Finn nicht einmal. Vielmehr hatte Tom das Gefühl, Finn dabei zu stören, den anderen Typen aufzureißen, denn dem wandte er sich immer wieder zu, berührte ihn am Arm und lachte laut über seine Bemerkungen. Tom begann, sich etwas verloren zu fühlen neben den beiden.

Auch Joschi war keine große Hilfe, weil er außer mit Tom noch mit drei anderen Freunden in der Bar verabredet war und sie sich offenbar länger nicht gesehen hatten. Tom wogte also in der Menge mit, wenn wieder einmal eines der allen außer ihm bekannten Lieder aus den Boxen knallte, trank ziemlich schnell ein Bier nach dem anderen und war trotz der Erfahrung in der vergangenen Woche doch froh, dass Marcel plötzlich neben ihm stand. Sie tranken, tanzten und schrien sich kurze Sätze zu, sie berührten sich, wurden von den anderen Leuten rundherum immer wieder verdächtig nah aneinandergedrängt, und als sich Marcels Gesicht dem seinen näherte, um ihn zu küssen, sah Tom den Blick von Finn auf sich gerichtet.

Er wollte Finn eifersüchtig machen. Er wollte, dass Finn ihn mit einem anderen Mann sah, ganz egal, wer das war. Finn sollte sehen, dass Tom auch konnte, was er tat. Wenn Finn nichts von ihm wollte, dann nahm sich Tom eben einen anderen. Das zumindest hatte er doch letzte Woche von Marcel gelernt, oder? Hier war die Auswahl groß und Marcel bot sich perfekt für ein Eifersuchtsdrama an. Auch weil er so gut aussah und einen ziemlich tollen Körper hatte. Also zog er Marcel zu sich heran.

Bemerkte Finn, was er da tat? Tom spürt die Erektion in seiner Hose und Marcels Hand, die sich den Weg nach unten suchte. Als er Toms Ständer fand, schielte der kurz zur Seite, wo Finn gerade noch gewesen war. Aber jetzt war er weg. Na gut. Egal. Tom hatte jetzt anderes zu tun. Er hatte genug Bier getrunken, um sich diesmal auf alles einzulassen. Als Marcel sein Gesicht wieder einmal von Toms entfernte, um einen Schluck aus seinem Glas zu nehmen, entdeckte der Finn wieder. Hinten rechts am Fenster. Er blickte direkt zu ihnen herüber.

»Wohnt deine Schwester noch bei dir?«, brüllte Tom Marcel ins Ohr.

»Willst du wissen, ob ich eine sturmfreie Bude habe?«, fragte Marcel zurück und sah ihn spaßhaft anzüglich an. »Dann ist die Antwort: ja.«

»Dann lass uns gehen!«

Überrascht sah Marcel ihn an. »Wenn du willst. Ist nicht weit.«

Also rief Tom Joschi einen kurzen Gruß zu, nahm Marcels Hand und zog ihn zur Tür, nicht ohne dabei noch einmal zum Fenster zu schielen. Finn sah ihm mit hochgezogenen Augenbrauen nach und schien sehr genau zu verstehen, was Tom tat. Und genau das wollte Tom ja. Finn sollte sehen, dass er einen Typen aus der Bar zog, anstatt gezogen zu werden. Tom wollte sein Leben in die Hand nehmen, so wie er gleich den Schwanz von Marcel in die Hand nehmen würde.

Sie traten an die frische Luft und zogen sich ihre Jacken über.

»Da lang«, sagte Marcel und zeigte die Straße hinunter. »Ich wohne im Musikerviertel. Zehn Minuten zu Fuß.«

Sie sprachen nicht viel auf dem Weg zu Marcel. Toms Ohren waren nach der lauten Musik noch ein bisschen taub und er spürte den Alkohol, der seinen Gang unsicher machte. Er konzentrierte sich darauf, nicht allzu stark zu schwanken, stellte jedoch fest, dass es Marcel genauso ging.

Die Wohnung war groß und hell. Marcel schaltete ein paar Lampen an und Tom entdeckte eine offene Küche mit einer Kücheninsel, die direkt ins Wohnzimmer überging. Die Möbel waren ausnahmslos in Weiß gehalten, eine beige Wolldecke lag wie zufällig auf dem weißen Ledersofa drapiert. Ein riesiger Bildschirm dominierte eine Wand, auf dem niedrigen Couchtisch lagen ein paar Kunstbände und daneben fügte sich eine sehr teuer aussehende Musikanlage perfekt in das Ensemble ein. Durch eine Tür konnte Tom ins Schlafzimmer blicken, das ebenfalls riesig und weiß war und in dem eine zweite Anlage mit großem Fernseher stand.

»Wow!«, entfuhr es Tom. »Hast du nicht gesagt, du bist Tierpfleger? Ich wusste nicht, dass man in dem Job so gut verdient.«

Marcel lachte und warf seine Jacke über einen Stuhl.

»Das ist nicht meine Wohnung. Die gehört meinem Ex. Aber der ist ziemlich viel unterwegs und ich kann hier so lange wohnen, wie ich will.«

»Und den stört's nicht, dass du Männer mitbringst?«

»Setz dich, wenn du willst«, sagte Marcel, ging ans Küchenende des Raums und öffnete den Kühlschrank. »Wir haben schon eine offene Beziehung geführt, als wir noch zusammen waren. Also machte ihm das jetzt auch nichts aus.« Er holte mehrere Flaschen aus dem Kühlschrank. »Bier? Wein? Whisky?« Er drehte sich zu Tom um. »Was willst du trinken?«

Tom entschied sich für Bier. Und als Marcel ihm die Flasche in die Hand drückte, fiel Tom auch die teure Kleidung auf, die er trug. Gegenüber seiner einfachen Jeans und dem Kapuzenpulli war der Unterschied eklatant.

»Kauft dir dein Ex auch noch deine Klamotten?«, fragte er scherzhaft und stieß mit Marcel an, der sich mit einem Whiskyglas neben ihn auf das Sofa gesetzt hatte.

»Er fühlt sich halt für mich verantwortlich und gibt mir hin und wieder ein bisschen Geld.« Marcel nahm einen Schluck und stellte sein Glas dann auf den Couchtisch. »Aber wir sollten nicht zu viel über unsere Klamotten reden, sondern das Zeug lieber loswerden, oder?«

Er legte seine Hand in Toms Schritt, in dem sich die Schwellkörper sofort mit Blut füllten. Als Marcel seinen Schwanz ertastete, grinste er, griff auch mit der anderen Hand zu und öffnete den Gürtel. Mit geübten Handgriffen befreite Marcel Toms Erektion und zog ihm die Hosen bis zu den Füßen runter. Toms Latte ragte fordernd in die Höhe und Marcel stand auf, um Tom das Shirt über den Kopf zu ziehen und seine eigene Hose fallen zu lassen. Sein T-Shirt behielt er an und Tom erahnte den kleinen Bauchansatz darunter. Ein stattlicher Schwanz schwebte nun direkt vor ihm, den Marcel am

Schaft umgriff und vor Toms Gesicht ein paarmal hin und her schwenkte.

Die Eichel glänzte. Tom blickte nach oben in Marcels Gesicht und der grinste noch breiter. Er drückte seinen Schwanz ein wenig nach unten, bis er Toms Lippen berührte. Der Geruch von Marcels Eau de Toilette umwehte Toms Nase und kurz fragte er sich, ob Marcel seinen Schwanz wohl auch parfümierte, doch da verstärkte sich der Druck auf seine Lippen und er öffnete den Mund. Mit einem leisen Stöhnen schob Marcel seine Latte tief hinein, wobei er den hinteren Bereich von Toms Rachen berührte, was bei ihm einen schwachen Würgereflex auslöste. Tom packte den Schwanz und schob ihn wieder ein wenig zurück, bevor er seine Lippen darum schloss.

Marcel griff mit beiden Händen in Toms Haare. Dann bewegte er sich mit den Hüften vor und zurück, wobei er Toms Kopf immer stärker an sich drückte. Der Schwanz war beachtlich und füllte seinen ganzen Mund aus. Immer wieder streifte die Eichel das Zäpfchen im Rachen und Tom versuchte unauffällig, diese Berührungen zu vermeiden. Doch Marcels Bewegungen wurden schneller und ungeduldiger. Tom packte seinen eigenen Schwanz, weil er trotz des unangenehmen Gefühls im Rachen geil war. Er wichste mit der einen Hand, während er die andere dazu benutzte, Marcels tiefen, gierigen Stöße etwas abzudämpfen.

Marcels Atem wurde schneller und Tom spürte an seinen Bewegungen, dass er direkt auf den Höhepunkt zusteuerte. Vorsichtig versuchte er, den Schwanz aus seinem Mund herauszuschieben, doch Marcel drückte Toms Kopf mit jedem Stoß kräftiger gegen seinen Körper. Dann zuckte er und das warme Sperma schoss in mehreren großen Schüben in Toms Mund. Ein befreites Stöhnen kam über Marcels Lippen. Tom schmeckte die salzige Flüssigkeit, die sofort in seinen Hals rann, und ihm blieb nichts anderes übrig, als sie zu schlucken. Marcel zuckte noch zweimal, zog seinen Schwanz dann aus Toms Mund und rieb ihm die nasse Eichel über das Gesicht. Ein weiterer Strom Sperma sickerte aus ihr heraus und verteilte sich über Toms Lippen, Wangen und Kinn. Dann richtete sich Marcel gerade auf und sackte neben Tom auf die Couch.

Tom saß etwas konsterniert mit seiner eigenen Erektion in der Hand neben ihm und fragte sich, was jetzt passierte. Marcel schnaufte und strich sich dabei zärtlich über den eigenen Schwanz, der immer noch steif war. Erneut zuckte er leicht und Samen floss an dem Penis herab. Dann ließ Marcel die Schultern entspannt sacken und sah Tom von der Seite an.

»Du bläst echt gut«, sagte er anerkennend.

Dabei hatte Tom ja kaum etwas getan. Nur hätte er fast gekotzt. Er hatte noch den Geschmack des Spermas im Mund und fühlte die langsam trocknende Feuchtigkeit auf seinem Gesicht. Marcel sah an ihm herab und sah Toms Schwanz an.

»Du bist ja noch gar nicht gekommen.« Er beugte sich vor und griff nach seinem Whiskyglas. »Mach ruhig weiter.« Er trank einen tiefen Schluck Whisky.

Obwohl Tom die Lust fast vergangen war, rieb er doch seinen Schwanz noch so lange, bis er ebenfalls mit einem unterdrückten Seufzer kam. Das Sperma spritzte bis auf den Couchtisch.

»Ah, ein Weitspritzer«, kommentierte Marcel.

Dann stand er auf, schüttelte die Hose, die er immer noch an den Füßen hatte, von sich und ging zur Kücheninsel. Er goss sich ein Glas Wasser ein und trank in tiefen Schlucken. Tom nahm sein Bier und spülte sich den Mund aus. Er wollte den Geschmack des Spermas loswerden.

»Gehen wir ins Bett und gucken noch einen Film?«, fragte Marcel und marschierte schon ins Schlafzimmer.

Tom saß noch einen Moment matt auf dem Sofa, bevor er aufstand. Er stieg aus der Hose und trat nackt ans bis zum Boden reichende Fenster, das zur Straße hinausführte. Im dämmerigen Licht der Straßenlaternen glänzte leichter Nieselregen. Die Straße war leer und trotz der Nähe zur Ringstraße mit ihren Klubs war kaum ein Geräusch zu hören. Tom trank einen Schluck Bier, das ihm aber jetzt nicht mehr schmeckte, und wollte sich gerade wieder abwenden, als er einen Schatten halb versteckt hinter einem Auto stehen sah. Da blickte jemand zu ihm herauf. Schlagartig wurde Tom seine Nacktheit bewusst und er trat einen Schritt zurück. War das da unten Finn? Tom war sich nicht sicher, das Gesicht richtig erkannt zu haben. Schnell zog er einen der dünnen Vorhänge zwischen sich und das Fenster.

»Kommst du?«, rief Marcel aus dem Schlafzimmer.

Tom trat tiefer in den Raum hinein, wandte sich dann um und stellte die Flasche auf den Tisch, bevor er zum Bett ging. Marcel hatte es sich nackt zwischen den weißen Laken bequem gemacht und spielte mit der Fernbedienung. Der Vorspann zu irgendeinem Film flimmerte über den Bildschirm und die Musik dazu kam aus allen vier Ecken des Raumes. Auch hier fiel Tom jetzt die Sterilität des Zimmers ins Auge, die ihm bereits im Rest der Wohnung aufgefallen war. Er fühlte sich schmutzig und fremd und sehnte sich nach einer Dusche.

»Wo ist denn das Bad?«, fragte er.

»Direkt neben der Wohnungstür«, antwortete Marcel, der auf den Fernseher konzentriert war. »Du kannst auch duschen, wenn du willst. Nimm dir einfach ein Handtuch aus dem Regal!«

Tom ließ das heiße Wasser an sich herablaufen und reckte das Gesicht dem Wasserstrahl entgegen. Er seifte sich zweimal ein, fand über dem Waschbecken eine Tube Zahnpasta, aus der er sich einen Streifen auf den Zeigefinger drückte und den er, so gut es ging, in jedem Winkel seiner Mundhöhle verrieb. Er duschte dabei weiter, stellte den Regler mehrfach von heiß auf eiskalt und spürte Übelkeit in sich aufsteigen. Ganz egal, wie oft er sich mit dem Duschgel einseifte oder wie lange er das Wasser an sich herabrinnen ließ – er fühlte sich immer noch dreckig. Nach und nach dämmerte ihm, dass er nicht hierbleiben wollte, um irgendeinen Film zu gucken und in dem viel zu weißen Bett zu schlafen. Er wollte nach Hause, in seine WG, auf seine durchgelegene Matratze, um sich in seiner Decke mit den Disneyfiguren zu vergraben.

Er wusste nicht, wie lange er im Bad gewesen war, als sein Entschluss endgültig feststand. Nur war ihm noch nicht klar, wie er Marcel seine Entscheidung mitteilen sollte. Er trocknete sich langsam ab und ging mit dem Handtuch um die Hüften durch die Wohnung. Im Wohnzimmer brannten alle Lichter. Genauso im Schlafzimmer. Der Film flimmerte mit leisem Ton. Tom erkannte jetzt den dritten Teil von *Der Herr der Ringe*. Er mochte diesen Film nicht und es störte ihn, dass Marcel noch nicht einmal gefragt hatte, ob er mit der Auswahl einverstanden war.

Gerade legte sich Tom die Argumentation zurecht, dass er morgen früh raus müsse, weil er noch was für die Uni tun müsse, da stellte er fest, dass Marcel eingeschlafen war. Einen Moment lang betrachtete er den nackten Körper auf dem Bett, das etwas herbe Gesicht, den Bauch, der sich jetzt ohne T-Shirt leicht vorwölbte, und den Schwanz, der sich so konvulsiv in seinen Mund geleert hatte und jetzt schlaff auf der Leiste lag.

Leise trat Tom zurück, zog seine Klamotten an und stand dann noch einmal im Durchgang zum Schlafzimmer. Sollte er eine Nachricht schreiben? Er sah sich um, doch er fand nirgendwo einen Zettel oder einen Stift. In den Schubladen wollte er nicht wühlen und die Handynummer von Marcel hatte er nicht. Sollte er ihn wecken? Tom entschied sich dagegen und verließ die Wohnung, ohne Marcel etwas hinterlassen zu haben.

Im Treppenhaus fiel ihm auf, dass er sich genauso verhielt wie Finn. Doch es war zu spät. Die Wohnungstür war schon ins Schloss gefallen. Natürlich hätte er klingeln können. Aber ehrlich gesagt war ihm das jetzt zu peinlich. Lieber schlich er sich still davon. So wie er auch ohne ein Wort aus seinem Dorf und damit aus dem Leben von Pia verschwunden war.

Vor der Haustür sah er sich um. Er musste sich orientieren, denn er war noch nie in diesem Stadtteil gewesen. Die Straße war leer und der Regen fiel wie feiner Staub vom Himmel. Hinter den Autos am Straßenrand entdeckte er keinen heimlichen Beobachter mehr. Vermutlich hatte er sich geirrt und der Schatten, den er vorhin vom Fenster aus gesehen hatte, war nur irgendein Fremder gewesen. In seinem tiefsten Inneren hatte er darauf gehofft, hier draußen auf Finn zu treffen. Tom hörte die Autos in der Entfernung auf der Ringstraße und machte sich auf den Fußweg nach Hause.

Fünfzehntes Kapitel

»Lass ihn ziehen!«, sagte Jula am nächsten Morgen zu Tom, als der davon erzählte, Finn gestern Abend getroffen zu haben. »Du hattest Sex mit ihm und der war vermutlich recht gut. Finn ist total charmant und sein Schwanz ist wirklich beeindruckend. Aber eine richtige Beziehung hat er bisher noch nicht auf die Reihe gekriegt.«

»Woher weißt du denn, wie Finns Schwanz aussieht?«, fragte Tom erstaunt und nippte an seinem heißen Kaffee.

»Finn ist nicht wirklich schüchtern«, erklärte Peter, der in diesem Moment in die Küche kam, sich ebenfalls einen Kaffee nahm und sich zu den beiden an den Küchentisch setzte.

Jula lachte bestätigend. »Er hat mal ein paar Wochen hier gewohnt«, sagte sie. »Übergangsweise. Und so oft wie er hier nackt durch den Flur gegangen ist, konnte keiner an seinem Schwanz vorbeigucken.«

»Wir sind beide wirklich eng mit ihm befreundet«, meinte Peter weiter. »Und wir mögen ihn echt sehr. Stimmt's?« Er sah Jula an und die nickte. »Aber er ist nicht richtig zuverlässig. Er springt mal hierhin, mal dorthin. Als er hier wohnte, ist er manchmal nach einer Party mitten in der Nacht völlig betrunken bei mir im Zimmer aufgetaucht und hat sich unter meine Decke gekuschelt.« Peter schüttelte den Kopf und schnaubte leise, als wäre die Erinnerung ganz frisch und er müsse sie erst noch verarbeiten. »Wir haben ein oder zweimal miteinander rumgemacht und für mich war das echt gut, weil ich auf die Weise geklärt habe, dass ich viel mehr auf Brüste stehe und nicht wirklich auf Schwänze.« Er lachte. »Aber ich muss sagen: Tatsächlich beeindruckend. Ist nur halt nicht meine Baustelle.«

Tom surrten die Worte durch den Kopf. Was sollte er jetzt davon halten? War er für Finn einfach nur eine von vielen Zufallsbekanntschaften? War er naiv, wenn er glaubte, Finn habe in ihm etwas anderes gesehen? War Finn wie Marcel, der, wenn er den einen nicht kriegen konnte, eben einen anderen nahm? Tom sah aus dem Fenster in den Regen, der sich seit der letzten Nacht verstärkt hatte. Traurigkeit zog wie ein Klumpen Teer in seinen Bauch ein. Er hatte alles hinter sich gelassen, hatte sich mit Pia zerstritten und seine Eltern enttäuscht. Er hatte einen sicheren Job gekündigt und sich für die Unsicherheit einer neuen Stadt und eines Studiums entschieden. Und er hatte so sehr gehofft, dass er in der Stadt problemlos Fuß fassen würde. Doch so schnell ging das offensichtlich nicht. Er musste sich an die Menschen in der Stadt und ihre Umgangsformen miteinander gewöhnen. Während man in seinem alten Dorf Jahre brauchte, um mit einem neuen Nachbarn ins Gespräch zu kommen, sich dann aber darauf verlassen konnte, für alle Ewigkeiten zu jeder Tages- und Nachtzeit bei ihm vor der Tür stehen zu können, brauchte es in dieser Stadt offenbar nur einen schnellen Blick, um in die Tiefen der Intimität einzusteigen, ohne zu wissen, ob sich der andere am nächsten Tag noch an deinen Namen erinnerte.

Jula legte Tom eine Hand auf den Arm und holte ihn

dadurch in die Küche zurück. »Was ist denn mit diesem anderen Typen? Der aus deinem Dorf. Der schien mir in deinen Erzählungen doch ganz nett.«

Tom hatte ihr von Joschi erzählt und sie hatte darauf bestanden, dass er ihn die Tage mal mit in die WG brachte. Er lächelte. Ja, Joschi war schon toll. Er sollte ihn anrufen, weil er sich gestern so schnell verabschiedet hatte. Aber so wie er Joschi in der letzten Zeit wahrgenommen hatte, nahm er ihm das bestimmt nicht übel.

»Joschi ist ein super Kumpel, mehr nicht«, sagte Tom und atmete tief durch. »Ich kriege das mit Finn noch nicht ganz auf die Reihe. Er war an dem Abend neulich so toll. Er hat zugehört und hat sich total intensiv mit mir beschäftigt.« Ihm ging noch einmal durch den Kopf, *wie* intensiv Finn das getan hatte, und spürte eine leichte Regung in seinem Schwanz. »Und dann meldet er sich danach einfach gar nicht mehr. Das passt doch nicht zusammen.«

»Genau so ist Finn«, fasste Jula zusammen. »Du musst ihn so nehmen, wie er ist. Und: Er hat dich in diese Küche gebracht. Wenn das nicht mal ein echt cooler Move von ihm war.«

Jula legte ihren Kopf an Toms Oberarm. Und Tom wurde klar, wie wohl er sich hier mit den beiden fühlte. Ja, das war Finns Werk und vielleicht sollte er ihm einfach dankbar sein, dass er ihm diese Menschen vorgestellt hatte. Und dass er ihm seinen Schwanz einschließlich der Dinge, die man damit machen konnte, gezeigt hatte. Tom atmete tief durch. Er wurde etwas ruhiger. Dann fiel ihm ein, dass er geglaubt hatte, Finn in der Nacht von Marcels Wohnung aus auf der Straße gesehen zu haben.

»Ich bin auch echt bescheuert«, sagte er über sich

selbst belustigt. »Mittlerweile denke ich schon, ihn überall zu sehen.« Tom lächelte Jula zu. »Selbst als ich diese Nacht bei einem Typen war und aus dem Fenster geguckt habe, habe ich geglaubt, Finn würde von der anderen Straßenseite zu mir nach oben gucken. Beknackt, oder?«

Jula und Peter warfen sich beklommene Blicke zu, sagten aber nichts. Tom hatte den Eindruck, dass sie irgendwas vor ihm verheimlichten, wurde aber nicht schlau daraus. Auch als er nachfragte, bekam er bloß ausweichende Antworten.

»Was ist mit diesem *kein Sex mit Mitbewohnern?*«, erkundigte sich Tom schließlich bei Peter. »Galt das nicht für Finn?«

Peter lachte.

»Die Regel haben wir im Grunde erst aufgestellt, als dein Vormieter aus dem Haus war. Und so wie es aussieht, besteht zurzeit keine Gefahr, denn ich stehe nicht auf Schwänze, du nicht auf Brüste und Jula und ich haben alles miteinander geklärt, was zu klären ist.«

Tom lehnte sich zurück und sah die beiden an. Fast kam es ihm vor, als hätte er hier eine kleine Familie gefunden. Vielleicht war das Leben in der Stadt doch einfacher, als er glaubte.

Joschi hatte versucht, Tom zu einer Party mitzuschleppen, aber der wollte an diesem Abend lieber allein sein. Jula und Peter waren verabredet, sodass er die Wohnung für sich hatte. Pia hatte er wieder nicht erreicht und hoffte, dass sie sich einfach irgendwann von sich aus melden würde. Tom wollte sich eine Serie reinziehen, Tee trinken und die Eindrücke der letzten Zeit sacken lassen. Durch die vielen Begegnungen und die

aufreibenden Tage in der Uni war er kaum dazu gekommen, sich mit sich selbst zu beschäftigen. Aber er
war selbst zum Grübeln zu müde.

Als es an der Tür klingelte, war Tom über der dritten
Folge einer amerikanischen Sitcom fast eingepennt. Er
schreckte hoch und überlegte kurz, nicht aufzumachen.
Er fühlte sich unter seiner Bettdecke gerade ganz wohl
und hatte keine Lust auf andere Menschen. Er erwartete
ja auch niemanden. Doch dann quälte er sich doch von
seiner Matratze hoch, schlurfte in Trainingshose und T-
Shirt zur Tür und drückte den Summer.

Er hörte im Treppenhaus Schritte poltern und eine
Stimme leise vor sich hin fluchen. Und dann erschien
Finn auf dem Treppenabsatz und grinste ihn an. Tom
fuhr ein angenehmes Kribbeln in den Bauch. Da war er
also wieder.

»Ihr müsst die Glühbirne unten mal austauschen«,
sagte Finn. »Man sieht ja nichts.«

Tom ließ ihn in die Wohnung und roch sofort den
Alkohol. Finn schwankte leicht, als er durch den Flur in
Richtung Küche ging.

»Ist Jula nicht da?«, fragte er und drehte sich um,
nachdem er in die dunkle Küche geguckt hatte.

»Die ist verabredet. Peter ist auch nicht da.«

»Ach, Tom«, sagte Finn mit leicht schleppender
Stimme. »Warum ist die Welt so ungerecht?«

»Was ist denn passiert?«, erkundigte sich Tom und
folgte Finn, der zielsicher sein Zimmer ansteuerte und
sich auf die Matratze fallen ließ.

»Männer!«, stöhnte Finn. »Alles Idioten.«

Finn lag lang ausgestreckt auf dem Rücken zwischen
Bettdecke und aufgeklapptem Computer und sah Tom
von unten an.

»Nicht alle«, sagte Tom und setzte sich neben Finn.

»Das stimmt«, bestätigte Finn und gluckste. »Du bist anders, oder?« Er streckte die Arme weit neben sich aus und warf dabei fast die Teetasse neben der Matratze um. Er richtete sich halb auf und betrachtete die Tasse. »Du trinkst Tee? Hast du auch noch was anderes zu trinken?«

»Im Kühlschrank ist noch eine Flasche Wein. Soll ich die holen?«

»Nur wenn du mit mir trinkst.«

Tom holte den Wein und zwei Gläser. Finn lehnte sich an die Wand, sie stießen an und saßen einen Moment schweigend nebeneinander.

»Tut mir echt leid, dass ich mich nicht gemeldet habe«, raunte Finn, der sich nur langsam zu berappeln schien. »Ich hatte so viel Scheiße im Kopf und irgendwie hat mich die Nacht mit dir noch mehr durcheinandergebracht.«

Tom beruhigte ihn und sagte, dass das schon in Ordnung sei. In diesem Moment war es das auch, denn Finn war ja hier. Und er hatte sich entschuldigt. Vielleicht wurde doch noch alles gut.

»Ich hab dich gesehen«, meinte Finn nach einer Weile. »Letzte Nacht. Am Fenster von diesem Typen.«

Tom durchfuhr es heiß und kalt. Dann hatte er sich also nicht getäuscht.

»Bist du mir gefolgt?«, fragte er ein bisschen nervös.

»Ich wollte einfach wissen, wo ihr hingeht.« Finn blickte lange in sein Glas. Dann sagte er vorwurfsvoll: »Du warst nackt.«

Was sollte Tom dazu sagen? Er hatte nicht das Gefühl, er müsste sich bei ihm rechtfertigen, nach allem, was er von Jula und Peter über Finn wusste. Er könnte

Finn erzählen, wie bizarr der Sex mit Marcel gewesen war. Aber irgendwie fand er das nicht passend. Er wollte die erste richtige Begegnung mit Finn nach ihrer gemeinsamen Nacht nicht mit einem Gespräch über einen anderen Typen versauen. Das wäre einfach unangemessen.

»Ist dir eigentlich klar, wie dich die Jungs in der Bar angucken?«, fragte Finn und wandte sich dabei Tom zu. »Du bist so unfassbar sexy und wirkst dabei total unschuldig.« Er kicherte und trank einen Schluck Wein. »Ich wette, die stehen bei dir Schlange.«

»Das ist mir eigentlich ziemlich egal«, sagte Tom, dem die Bemerkung ein bisschen unangenehm war. Er nahm sich selbst gar nicht als besonders sexy wahr. Immerhin hatte er ein paar Kilo zu viel auf den Hüften.

»Als ich vor zwei Jahren in die Stadt gekommen bin, von einem Dorf an der niederländischen Grenze, da war ich völlig überwältigt von dieser Stadt. Bei uns zu Hause gab's keine Schwulen. Und keine Kneipen, in denen man sich treffen konnte. Da war alles einfach elend langweilig und öde und hetero. Ich habe die Leute gehasst und ich glaube, die haben mich auch gehasst. Hier war dann plötzlich alles ganz anders.«

Finn stellte sein Glas auf den Boden und stand leicht schwankend auf. Er trat ans Fenster und blickte in die Dunkelheit hinaus.

»Hier in der Stadt«, fuhr er fort, »habe ich mich dann mit voller Wucht in die Szene geschmissen. Ich habe gesoffen und mit jedem gefickt, der mir schöne Augen gemacht hat.« Finn wandte sich um und sah Tom traurig an. »Mit jedem. Verstehst du?« Er schniefte. »Ich habe mich den Wölfen zum Fraß vorgeworfen und sie haben sich genommen, was sie haben wollten.«

Tom starrte den Jungen am Fenster an. Er sah die

123

Tränen, die ihm aus den Augen quollen, und verspürte tiefes Mitleid mit ihm. Er wollte ihn in den Arm nehmen und stand auf, um auf ihn zuzugehen. Doch Finn hielt ihn mit einer kleinen Geste zurück, blickte aber zu Boden, als er weitersprach.

»Ich habe nie gelernt, mich wirklich zu verlieben. Immer ging es nur um den schnellen Sex. Die anderen wollten ja auch gar nichts anderes. Sie wollten ficken. Sie wollten meinen Schwanz in sich spüren. Sie wollten ihr Sperma über mich spritzen. Dabei war es ihnen völlig egal, wie es mir damit geht. Mich hat nie jemand gefragt, was ich wirklich will.« Jetzt hob er den Blick. »Und dann sitzt du plötzlich bei Clara in der Küche und scheinst so vollkommen anders zu sein.« Die Tränen flossen wie ein Strom über sein Gesicht. »Ich war total geflasht und wusste nicht, was ich tun sollte. Auf die normale Anmache hast du nicht reagiert. Also musste ich dich anders kriegen. Die WG hier war der perfekte Weg. So wusste ich, wo ich dich wiedertreffen konnte. Ich musste einfach nur mit einer Flasche Wein unter dem Arm vorbeikommen. Und bevor ich lange darüber nachdenken konnte, habe ich das auch getan.« Wieder schniefte er und wischte sich den Rotz und die Tränen an seinem Pulli ab. »Der Sex mit dir war besonders. Ich wollte mehr davon. In jeder Minute der letzten Tage. Aber plötzlich habe ich mich nicht mehr getraut.«

Jetzt ließ sich Tom nicht mehr zurückhalten. Er trat auf Finn zu und nahm ihn in die Arme. Er drückte ihn an sich und Finn versenkte sein Gesicht in Toms Hals. Erst hingen seine Arme schlaff herunter, doch nach einer Weile hob er sie und schlang sie um Toms Körper. Tom spürte Finns Wärme und sein unregelmäßiges Schluchzen. Er roch den leichten Curry-Geruch seiner

Haut, vermischt mit dem Alkohol. Er hörte den Atem nah an seinem Ohr und sein Schwanz erwachte zum Leben. Sie standen mehrere Minuten eng umschlungen vor dem Fenster und Tom wollte diesen Jungen nie wieder loslassen.

Nach und nach beruhigte sich Finn und sein Atem ging gleichmäßiger. Er hob den Kopf und sah Tom direkt an.

»Bist du anders als die anderen?«, fragte er leise.

»Ja«, antwortete Tom.

Und dann küssten sie sich. Sie küssten sich, bis Toms Erektion fast die Trainingshose sprengte. Er spürte durch den Stoff auch den Schwanz, den Jula und Peter so beeindruckend fanden. Finn ließ seine Hände unter Toms T-Shirt verschwinden und strich ihm über die Haut, Berührungen, die Tom innerlich erbeben ließen. Wie hatte er sich danach gesehnt! Auch er schickte seine Hände auf Forschungsreise, strich über warme Haut, wanderte in die Tiefen von Finns Jeans, um den Hintern unter den Fingern zu spüren, und zog ihn schließlich mit sich zu seiner Matratze. Finn ließ es geschehen. Er ließ zu, dass Tom ihn hinlegte, ihm die Hose und das Shirt vom Körper streifte und dann sich selbst auszog. Tom streichelte über den flachen Bauch, nahm die hoch aufgerichtete Erektion in die Hand und staunte, wie schnell er lernte, die Bedürfnisse eines anderen Mannes zu lesen.

Allmählich wurde auch Finn aktiver und beteiligte sich an den Zärtlichkeiten. Als Tom ihm ins Gesicht sah, sah er seine Augen flackern. Er schob das auf den Alkohol, von dem Finn offenbar eine Menge getrunken hatte, und verdrängte den Gedanken, dass Finn darüber hinaus noch irgendwas anderes eingeworfen haben könnte. Finn richtete sich auf und tastete sich an Toms Körper langsam abwärts. Er liebkoste die Haut, umspielte die Brustwarzen, leckte über den Bauch und nahm dann endlich Toms steifen Schwanz tief in den Mund.

Nichts davon erinnerte an die unangenehm schnelle Nummer der Nacht zuvor und Tom ließ sich ganz in die Welt aus Haut, Lippen, Küssen und Erregung fallen. Finn leckte seinen Schwanz und ließ ihn immer wieder bis zum Schaft in seinem Mund verschwinden. Tom genoss jede von Finns Bewegungen und freute sich darauf, gleich an dessen Schwanz zu saugen.

Finn tauchte aus der Tiefe wieder auf und übersäte Toms Gesicht mit Küssen. Er stöhnte und zitterte vor Lust. Und hauchte ihm seinen heißen Atem ins Ohr.

»Ich will dich ficken!« Er strich Tom die Haare aus dem Gesicht.

Der erstarrte innerlich. Das hatte er noch nie getan. Und er war unsicher, ob er das jetzt wollte.

»Du bist so anders als die anderen«, flüsterte Finn ihm ins Ohr. »Und ich will dich so sehr ficken, dass mir die Eier wehtun.«

Er kniete sich zwischen Toms Beine, richtete sich hoch auf und streckte Tom seinen Schwanz entgegen. Der war, aus dieser Perspektive betrachtet, tatsächlich beeindruckend. Tom wollte gerade sagen, dass er nicht wusste, wie das mit dem Ficken genau ging, doch da drehte ihn Finn schon um, sodass Tom auf dem Bauch lag. Dann packte er ihn an den Hüften und zog ihn zu sich heran, bis Tom auf den Knien hockte und sich mit den Armen abstützen musste, um nicht nach vorne zu kippen. Wieder schoss ihm die Angst vor dem, was jetzt folgen sollte, durch den Köper. Er spürte Finns Schwanz zwischen seinen Beinen, der sich sanft in dem Bereich zwischen Anus und Hoden rieb. Finn stöhnte vor Lust und Tom fühlte dessen Hände immer näher an seinen Hintern heranwandern. Finn umkreiste mit seinen Fingern die Rosette, bis er genau in der Mitte innehielt. Langsam führte er einen Finger in das Loch ein und Tom spürte eine unbekannte Lust in seinen ganzen Körper ausstrahlen.

Er tastete vorsichtig mit seiner rechten Hand nach den Kondomen, die er vor ein paar Tagen gekauft hatte, erreichte sie aber nicht, weil sie irgendwo am Kopfende neben der Matratze lagen. Gerade wollte er Finn sagen, er solle kurz aufhören, damit er die Packung suchen konnte, da zog sich der Finger aus seinem Anus zurück. Sofort drückte Finns pralle Erektion dagegen. Er hörte, wie sich Finn in die Hand spuckte, seinen Schwanz noch einmal kurz in die Hand nahm, um ihn zu befeuchten, und dann wieder in Position brachte.

»Finn«, flüsterte Tom.

Doch der schien ihn nicht zu hören und stieß ihm seinen Schwanz ohne Ankündigung in den Arsch. Ein stechender Schmerz durchzuckte Tom. Finn stöhnte und stieß erneut zu. Diesmal tiefer. Er hielt sich an Toms Hüften fest und stieß wieder zu. Tom ächzte und wollte, dass es aufhörte.

»Finn!«, sagte er noch mal.

Doch der machte einfach weiter. Immer tiefer stieß er seine Erektion in Toms Arsch, sodass der glaubte zu zerreißen.

»FINN!«, rief Tom lauter.

Doch von Finn immer noch keine andere Reaktion als genussvolles Stöhnen und eine Bewegung, die Tom in seinem Kopf instinktiv als Rammeln bezeichnete.

»HÖR AUF!«, schrie Tom und ließ sich mit seinem gesamten Gewicht nach vorne fallen.

Finn fiel zwar mit ihm, aber sein Schwanz rutschte dabei zum Glück aus Tom heraus. Keuchend lagen sie aufeinander. Finn führte seine rammelnden Bewegungen sofort weiter und Tom lag wie gelähmt unter ihm.

»Finn!«, bat er noch einmal. »Warte doch mal kurz!«

Dann richtete sich Finn auf und kniete über Tom. Er rieb seine Latte immer schneller. Tom drehte sich vorsichtig auf den Rücken. Sein Hintern schmerzte höllisch, aber er war froh, dass jetzt immerhin kein Schwanz mehr darin steckte.

»Wir sollten das langsamer angehen«, sagte er.

In diesem Moment stöhnte Finn laut auf und in einem hohen Bogen ergoss er sich über Toms Bauch und Brust. Dann sackte er zusammen und lag wie betäubt auf ihm. Tom spürte den warmen Samen auf seinem Körper, er hörte Finns schweren Atem und hatte jede Lust verloren. Sein Penis schrumpfte in Rekordgeschwindigkeit auf die normale Größe ein.

»Finn?«, fragte er.

Doch der keuchte weiter und grinste. Also schob Tom ihn von sich herunter und zog sich an die Wand zurück. Er zerrte seine Decke über sich und starrte Finn an.

»War das gut oder war das gut?«, fragte Finn ihn, als er wieder zu Atem gekommen war.

»Du hast mir wehgetan«, antwortete Tom.

Finn hockte sich auf die Fersen und wischte sich mit dem Laken das Sperma vom Penis.

»Ach, komm schon!«, sagte er dann und sah Tom an. »So schlimm war's doch nicht.« Er näherte sich Toms Gesicht, um es zu küssen, doch der wandte sich ab. »Ein bisschen wehtun muss das beim ersten Mal. Sonst macht das keinen Spaß.«

»Nein, *so* macht das gar keinen Spaß!«

»Du gewöhnst dich daran. Die Muskeln müssen sich erst mal dehnen.«

»Du hättest ein Kondom benutzen müssen.«

Finn stöhnte genervt und ließ sich rückwärts auf Matratze und Fußboden fallen. »Du bist echt 'ne kleine Diva, weißt du das?«

Jetzt hatte Tom genug. Er stand auf, suchte seine Trainingshose, die er schnell überzog, nahm dann Finns Klamotten in die Hände und hielt sie ihm hin.

»Geh!«, sagte er mit fester Stimme.

Finn stützte sich rückwärts auf seine Ellenbogen.

»Du schmeißt mich raus?«

Tom warf ihm die Klamotten zu und sagte: »Geh einfach.«

Genervt stand Finn auf und zog sich die Unterhose an. Dann sagte er in weinerlich-lallendem Tonfall:

»Und ich habe geglaubt, du wärst anders. Aber nichts bist du. Du stellst immer nur Ansprüche, bist aber nicht bereit, etwas zu geben.«

Entgeistert starrte Tom ihn an. Er war sprachlos und verstand die Welt nicht mehr. Finns Heultirade von eben ekelte ihn plötzlich an. Er hatte gedacht, sie wären sich nahegekommen, aber nun schien ihm das alles ein riesiges Theater gewesen zu sein. Finn hatte die Kontrolle komplett verloren. Und das war nicht einfach nur Lust gewesen. Und auch nicht nur Alkohol. Tom kannte sich mit Drogen nicht aus, aber er war plötzlich sicher, dass Finn irgendwas genommen hatte. Und er war sich sicher, dass er damit nichts mehr zu tun haben wollte.

»Weißt du, was ich glaube? Ich glaube, du bist ein

totaler Schisser, eine kleine Diva, die einfach noch nichts von der Welt weiß.«

Bevor Finn weiterreden konnte, platzte Tom der Kragen.

»Verpiss dich jetzt einfach!«, schrie er Finn an, packte dessen restliche Klamotten und schob ihn vor sich her aus dem Zimmer raus, durch den Flur bis zur Tür, dann schubste er ihn weiter in das dunkle Treppenhaus. Die Klamotten drückte er dem überraschten halb nackten Finn in die Hände und schlug die Tür knallend ins Schloss.

Danach heulte Tom so lange, bis er erschöpft einschlief.

SECHZEHNTES KAPITEL

DIE NEUE WOCHE begann, wie die alte geendet hatte: Tom saß in einem Seminar, in dem er niemanden kannte. Er packte seine Unterlagen aus, hörte der Dozentin zu, schrieb mit, hing seinen Gedanken nach und versuchte, seine Kommilitonen einzuschätzen. Der Seminarraum war bis auf den letzten Platz voll und selbst auf dem Fußboden an der Wand saßen ein paar Leute, die ihre Collegeblöcke auf den Knien hielten. Tom war froh, einen der Sitzplätze ergattert zu haben, auch wenn er weit hinten an der Querwand saß und sich sehr darauf konzentrieren musste, alles zu verstehen, was die Dozentin mit leiser Stimme sagte.

Gerade hatte Tom beschlossen, sich zu einer Frage zu melden, als einer der Studenten in der ersten Reihe eine verschwurbelte Antwort gab, von der Tom kein Wort verstand. Als er den Blick über die anderen im Raum schweifen ließ, bemerkte er den Jungen, der ihm direkt gegenübersaß und die Augen über den Schlaumeier vorne verdrehte. Tom lächelte ihm zu und der andere zwinkerte zurück.

Er sah nett aus. Tom hatte ihn bis jetzt gar nicht wahrgenommen. Im weiteren Verlauf des Seminars blickten sich die beiden immer wieder an und kommunizierten über kleine Gesten miteinander. Zum ersten Mal hatte Tom überhaupt Kontakt zu einem anderen

Studenten und nahm sich vor, ihn nach dem Seminar anzusprechen. Was konnte er schon verlieren? Er beobachtete, wie sein Gegenüber sich manchmal gelangweilt die Haare aus dem Gesicht schob, ihn hin und wieder ansah und bei den gleichen Wortbeiträgen der Kommilitonen die Augen verdrehte und grinste wie er. Irgendwas sagte Tom, dass der da drüben auch auf Männer stand.

Doch als die Dozentin sie bis zur nächsten Woche verabschiedete und alle um Tom herum ihre Sachen zusammenpackten, meldete sich seine Befangenheit wieder zu Wort. Was sollte er zu dem Typen sagen? Sollte er ihn anbaggern? Was, wenn der gar nicht schwul war? Würde er dann trotzdem mit ihm ausgehen wollen? Er wollte definitiv keinen falschen Eindruck vermitteln. Und er hatte auch ein bisschen Schiss davor, was passieren würde, wenn der andere auf seine Frage, ob er sich mal mit ihm treffen wolle, ablehnend reagierte. Als der jedoch beim Rausgehen direkt zu ihm herübersah und winkte, nahm Tom seinen ganzen Mut zusammen und folgte ihm eilig.

»Hi, ich bin Tom«, sagte er und streckte ihm die Hand hin.

Der andere schlug ein und stellte sich lächelnd mit »Phil« vor.

»Hier laufen wirklich ein paar elitäre Gestalten im Fachbereich rum, oder?«

»Ich bin ja schon froh, wenn ich kapiere, was die Dozentin sagt«, gab Tom zurück und ließ Phil den Vortritt in den Gang hinaus.

Als er die schmalen Hüften vor sich bemerkte, rief er sich sofort zur Raison. Das drohte peinlich zu werden. Phil drehte sich zu ihm um und sah ihn feixend an.

»Ist aber lustig, dass wir immer in den gleichen Momenten die Augen verdreht haben.«

Tom nickte und atmete tief durch.

»Hast du Lust, heute Abend mit mir ein Bier trinken zu gehen? Ich kenne hier noch nicht so viele Leute«, fragte er dann offen heraus, bevor er seine Courage wieder verlor.

»Eine gute Idee«, antwortete Phil. »Heute Abend bin ich allerdings mit meiner Freundin im Kino verabredet. Aber gerne die Tage mal.«

Sofort schoss Tom die Hitze ins Gesicht und er zog sich schnell in sein Schneckenhaus zurück. *Seine Freundin.* Was hatte er getan? Hoffentlich glaubte Phil jetzt nicht, er habe ihn anmachen wollen.

»Gib mir doch einfach deine Nummer«, fuhr Phil ungerührt fort und zog sein Telefon aus der Hosentasche.

Tom erwischte sich dabei, dass er ihm dabei auf den Schritt guckte und sich den darunter verborgenen Penis vorstellte. Innerlich verfluchte er sich. Was machte er denn da? Er verhielt sich wie eine notgeile Tucke, die glaubte, jeden Hetero-Macker in die Kiste zu kriegen. Betont langsam hob er den Blick und holte dabei ebenfalls sein Handy aus der Tasche. Sie tauschten die Nummern aus und Tom machte sich mit den Worten »Ich bin noch verabredet« vom Acker.

Oh, mein Gott! Wie peinlich.

Tom eilte durch das Philosophikum, ließ das Gebäude hinter sich und schnappte sich einen der Roller, die auf dem Campus herumlagen. Er wollte so schnell wie möglich hier weg, damit er Phil nicht noch einmal zufällig über den Weg lief.

Während er bis dahin den Eindruck gehabt hatte, in der Uni keinen Menschen ein zweites Mal zu treffen, begegnete er Phil im Laufe der Woche immer wieder. Jedes Mal winkte Phil freundlich herüber, einmal legte er die Hand mit gespreiztem kleinem und Zeigefinger ans Ohr, um ihm zu signalisieren, dass sie telefonieren sollten, aber keinmal sprachen sie miteinander. Und Tom machte selbst auch keine Anstalten dazu, Phil eine Nachricht zu schreiben. Ihm schoss noch immer die Röte ins Gesicht, wenn er an seinen Vorstoß dachte. Er sollte es darauf beruhen lassen.

Siebzehntes Kapitel

Am Samstag rief Tom bei Joschi an und fragte ihn, ob sie zusammen ausgingen. Und Joschi sagte zu. Allerdings fühlte sich Tom ein bisschen unsicher, weil er Gefahr lief, Finn und Marcel in der Szene zu begegnen. Gerade als er sich fertig machen wollte, um loszugehen, schickte Joschi jedoch eine Nachricht und fragte, ob sie sich auch einfach privat treffen könnten. Er habe keine Lust auf viele Leute und komme auch gerne bei Tom vorbei und bringe Bier mit. Tom war das recht. Damit umging er jedes unangenehme Aufeinandertreffen.

Eine halbe Stunde später stand Joschi vor der Tür und sie setzten sich mit Jula in die Küche, die an diesem Abend nichts vorhatte. Auch wenn sie immer wieder sagte, sie müsse dringend etwas für ihr Studium machen, müsse mit einer Hausarbeit anfangen, goss sie sich ein Glas Wein nach dem anderen ein und hatte ziemlich viel Spaß mit Joschi. Tom genoss es, die beiden so schnell vertraut miteinander lachen zu sehen. Und als Joschi zum Pinkeln verschwand, sah Jula Tom bedeutsam an.

»Mensch, das ist ja mal 'ne schmucke Hecke«, sagte sie und lachte.

»Wo hast du die Formulierung eigentlich aufgeschnappt?«, fragte Tom amüsiert und erinnerte sich, dass Jula ihn am ersten Tag auch so bezeichnet hatte.

»Der ist echt süß. Und intelligent. Einfach perfekt. Warum versuchst du es nicht mit ihm?«

»Ich bin mit ihm befreundet. Das geht nicht.«

Jula sah ihn mit schief gelegtem Kopf an. »Manchmal bist du so richtig schön spießig«, sagte sie.

»Das ist wie mit Mitbewohnern.«

»Was ist wie mit Mitbewohnern?«, fragte Joschi, als er zurückkam und sich wieder an den Tisch setzte.

Tom wollte gerade irgendwas Lustiges sagen, um abzulenken, doch Jula war schneller: »Der Sex. Wir haben die Regel, dass wir keinen Sex mit den Mitbewohnern haben.«

»Ah, ihr redet über Sex«, sagte Joschi lachend. »Dann will ich mitreden.«

»Äh ... wir haben über Freundschaft allgemein geredet«, versuchte Tom, das Gespräch doch noch in eine unverfänglichere Richtung zu lenken.

»Und ich habe gesagt, dass ihr beiden einfach perfekt zusammenpasst«, ergänzte Jula genau in die falsche Richtung. »Ihr solltet ein Paar werden.«

»Ach!«, sagte Joschi. »Das ist ja mal ein interessanter Vorschlag.«

Er grinste zu Tom herüber, dessen Kopf schlagartig heiß wurde.

»So ein Quatsch!«, warf Tom ein. »Wir sind befreundet, mehr nicht.«

Jula lachte schallend.

»Du bist knallrot geworden«, flüsterte sie ihm übertrieben zu. »Ach, Tom!« Sie stand auf, legte die Arme von hinten um ihn und kuschelte sich an ihn. »Guck ihn dir doch mal an.« Sie wies auf Joschi. »Der liegt dir zu Füßen. Du brauchst nur *Ja* zu sagen.« Sie gab ihm einen Klaps auf die Schulter und schenkte sich noch ein Glas Wein ein.

»So schlecht ist die Idee von Jula gar nicht«, meinte Joschi und zwinkerte Tom zu. »Immerhin kennen wir uns schon ewig und wissen genau, woran wir sind.«

Tom musste zugeben, dass beide irgendwie recht hatten. Joschi hatte sich, seit Tom in der Stadt war, allmählich wieder zu dem alten Freund entwickelt, der er für Tom in der Schule gewesen war. Und er sah verdammt attraktiv aus. Noch attraktiver als damals in der Schule. Außerdem kannten sie sich lange genug, um sich einschätzen zu können, auch wenn eine lange Pause zwischen der Schulzeit und der Gegenwart lag, in der sie keinen Kontakt gehabt hatten. Aber Tom wollte diese irgendwie noch fragile Freundschaft nicht riskieren. Gerade nach seinen Abenteuern mit Marcel und Finn schien Joschi für ihn wichtiger denn je. Was war, wenn es nicht klappte? Und wenn einer – Joschi oder er selbst – mit einer Trennung nicht klarkam?

»Ach, komm schon, Tom«, sagte Joschi, streckte die Hand aus und wuschelte ihm durch die Haare. »Zieh nicht so ein Gesicht! Wir machen doch nur Spaß.«

Sie alberten noch eine Weile herum, tranken Bier und Wein, und um kurz nach zwölf verzog sich Jula in ihr Zimmer. Tom spürte den Alkohol, der ihn träge und benommen machte. Auch Joschi war nicht mehr sicher auf den Beinen, als er ihnen zwei neue Flaschen Bier aus dem Kühlschrank holte. Sie redeten über die Schulzeit und ihr Dorf, lästerten über die Leute, die sie schon damals langweilig fanden. Und als Peter von einer Party nach Hause kam und sich mit Joschi unterhielt, betrachtete Tom seinen Freund eingehend.

Nach all den komischen Begegnungen der vergangenen Wochen sehnte er sich nach Ruhe und Geborgenheit. Mit Pia hatte er so etwas wie eine Beziehung geführt, die aber keine Zukunft gehabt hatte. Und er war sich nach den vielen Jahren des Versteckens endlich sicher, Männern den Vorzug zu geben. Vielleicht war Joschi tatsächlich der Richtige. Immerhin hatte er mit ihm den ersten, wenn auch etwas missglückten Sex. Damals im Fahrradkeller. Aber war das wirklich eine Basis?

Als Peter sich ins Bett verabschiedete, merkte Tom, dass er hundemüde war. Joschi sah ihn an.

»Du kannst die Augen ja kaum noch aufhalten«, sagte er und drückte sich vom Stuhl hoch. Er schwankte und musste sich kurz am Tisch festhalten, damit er nicht gegen die Spüle torkelte. »Ups ... ich habe wohl ein bisschen zu viel getrunken.«

»Schaffst du es nach Hause?«, fragte Tom besorgt.

»Wird schon gehen.«

Joschi versuchte, sich die Jacke anzuziehen, traf aber den Ärmel nicht.

»Das ist schwieriger als gedacht«, kicherte er.

Auch der zweite Versuch war nicht erfolgreich und er taumelte gegen den Kühlschrank, wobei er eine leere Bierflasche umwarf und im letzten Moment mit einer ungelenken Armbewegung davor bewahrte, auf den Boden zu fallen.

»Du kannst auch hier pennen«, sagte Tom ohne groß nachzudenken.

»Ach, Quatsch. Ich schaff das schon.«

Joschi verlor beim Versuch, seinen Rucksack aufzuheben, wieder das Gleichgewicht. Er setzte sich frustriert auf den Küchenstuhl.

»Mist!«, fluchte er leise.

Tom stand mit unsicheren Beinen auf und ging auf den Flur.

»Komm schon!«, sagte er. »Ich tu dir auch nichts.«

Er ging in sein Zimmer und hörte, wie Joschi ihm folgte. Tom kippte auf seine Matratze, löste den Gürtel seiner Hose und strampelte sie sich von den Beinen. Er zog sich den Kapuzenpulli und das T-Shirt aus und kroch unter die Decke. Als er hochsah, stand Joschi am Türrahmen und blickte ihn an.

»Bist du dir sicher?«, fragte er mit schleppender Stimme.

»Wir sind sowieso viel zu besoffen, um noch irgendwas zu machen«, nuschelte Tom grinsend.

Joschi gab sich geschlagen und zog die Tür hinter sich zu. Er kämpfte sich aus seinen Klamotten und stand schließlich in Boxershorts vor der Matratze. Unter dem dünnen Stoff zeichnete sich eine Erektion ab, auf die Joschi jetzt skeptisch heruntersah.

»Ich befürchte«, stellte er fest, »der da ist ganz anderer Meinung.«

Tom schlug die Decke zur Seite und rückte näher an die Wand, um Joschi Platz zu machen. Auch er hatte eine Beule in der Hose, wie er überrascht feststellte. Joschi setzte sich neben Tom und sah auf dessen Hose herab.

»Das Blöde ist, dass ich irgendwie Lust hätte, deinen Schwanz zu sehen«, sagte er.

Tom lachte. Und dann hob er das Becken und zog seine Shorts so weit runter, dass sein Penis über den Bund herausragte.

»Zufrieden?«, fragte er.

»Ja, das sieht gut aus.«

Er hüpfte kurz mit dem Hintern hoch, um sich ebenfalls die Unterhose herunterzuziehen, und legte sich neben Tom. Die Arme verschränkte er dabei hinter dem Kopf.

»Ich war damals in der Schule echt in dich verschossen. Wusstest du das?«, fragte er und wandte Tom den Kopf zu.

»Warum hast du nichts gesagt?«

»Ich hatte doch keine Ahnung, was mit mir los war. Oder wie du reagieren würdest. Ich hatte Angst, dass du mich auslachst und nichts mehr mit mir zu tun haben willst.«

»Dann habe ich ja auf der Abifeier genau richtig reagiert«, bemerkte Tom selbstironisch.

»Ich war danach völlig fertig. Wochenlang.«

Tom sah an sich und Joschi herunter. Da ragten zwei Schwänze in die Höhe und schienen nur darauf zu warten, dass sie sich mit ihnen beschäftigten. Aber wollte er das?

»Pass auf«, sagte Joschi und drehte sich zu Tom auf die Seite, »ich will ihn nur einmal kurz anfassen. Mehr nicht. Damit ich weiß, was ich verpasst habe. In Ordnung?«

Die Matratze und das Zimmer drehten sich ein bisschen, als Tom sich Joschi zuwandte. Die Augen fielen ihm dabei fast wieder zu.

»Ich bin echt zu besoffen für Sex«, sagte er leise.

»Nur einmal anfassen. Versprochen! Danach schlafen wir.«

»Einverstanden.«

Joschi schob seine rechte Hand auf Toms Schwanz zu und umfasste ihn sanft. Ein Schauer durchfuhr Tom, obwohl er so müde war. Das fühlte sich gut an. Unter anderen Umständen hätte er sich auch bestimmt mehr gewünscht. Er griff seinerseits nach Joschis Schwanz und umfasste ihn. Joschi stöhnte leise. Eine Weile lagen sie mit geschlossenen Augen nebeneinander, hielten sich aneinander fest und Tom schlief beinahe ein. Irgendwann löste Joschi seine Hand von Toms Penis, aus dem das Blut langsam gewichen war, und lachte leise.

»So, genug gefummelt. Versprochen ist versprochen.«

Tom ließ Joschis Schwanz aus seiner Hand frei und drehte sich zur Wand. Joschi zog die Decke zurecht, legte einen Arm um Tom und kuschelte sich von hinten an ihn heran. Tom fühlte den Arm vor seiner Brust und die warme Haut auf dem Rücken, dem Hintern und an den Beinen. Er spürte Joschis Erektion, die sich an ihn schmiegte, und seufzte leise. So war es gut. Sie mussten gar keinen Sex haben, um sich miteinander wohlzufühlen.

ACHTZEHNTES KAPITEL

DIE TÜRKLINGEL WECKTE Tom aus dem Schlaf. Joschi lag neben ihm unter der halb heruntergerutschten Bettdecke und schlief mit tiefen Atemzügen. Tom hörte, wie Peter zur Wohnungstür schlurfte. Er ließ mit verquollenen Augen den Blick über den nackten Körper neben sich gleiten, dessen Brust sich ruhig hob und senkte. Schon von diesem Anblick bekam er wieder eine Erektion, die sich unter der Decke bemerkbar machte. Das Zimmer war kühl, also zog er die Decke über Joschi, bevor er nach dem Handy tastete, das irgendwo am Kopfende der Matratze liegen musste. Es war halb neun. Viel zu früh für Besuch an einem Sonntagmorgen.

Von der Wohnungstür hörte er jetzt eine Männerstimme, die aufgeregt auf Peter einredete. Tom brauchte einen Moment, bis er sie erkannte. Sein Vater! Sofort war er hellwach. Was machte der denn hier? Er sprang auf die Füße, um sich irgendwas anzuziehen. Joschi drehte sich seufzend auf die Seite und blinzelte ihn an.

»Mein Vater ist da!«, wisperte Tom ihm zu.

Joschi sah ihn erst verständnislos an, dann ging ein Ruck durch seinen Körper und er richtete sich auf.

In diesem Moment flog die Zimmertür auf und Toms Vater stürmte herein. Tom stand nackt und mit einer Erektion auf halbmast mitten in seinem Zimmer und starrte seinen Vater an. Der stoppte mit entsetztem Gesichtsausdruck kurz vor seinem Sohn.

»Papa!«, rief Tom. »Was machst du hier?«

Sein Vater sagte kein Wort. Er war wie erstarrt. Dann fiel sein Blick auf Joschi, der sich die Bettdecke bis zum Hals heraufzog. Eine Zornesfalte bildete sich auf seiner Stirn.

»Ich hätte nicht gedacht, dass du so tief sinken kannst«, schnauzte er Tom an. »Was denkst du dir denn dabei?« Dann sah er Joschi noch einmal an. »Und von dir hätte ich auch nicht erwartet, dass du meinen Sohn verführst.«

Peter stand im Türrahmen und machte eine entschuldigende Geste. »Ich habe versucht, ihn aufzuhalten«, sagte er. »Tut mir leid.«

Wütend drehte sich Toms Vater zu ihm herum und zischte: »Sie halten sich da raus. Das ist eine Familienangelegenheit.«

»Papa! Du kannst hier nicht einfach so reinplatzen«, versuchte Tom, die Situation zu retten. »Das ist nicht dein Haus.«

»Mir ist völlig egal, ob das mein Haus ist oder nicht. Du packst sofort deine Sachen und kommst mit. Los jetzt!«

Fassungslos sah Tom seinen Vater an. Dann schüttelte er den Kopf. Er bückte sich nach seiner Unterhose und zog sie über, fischte seine Jeans aus einer Ecke und fand sogar sein T-Shirt. Joschis Klamotten legte er ihm auf die Matratze.

»So geht das nicht. Ich bin erwachsen und du kannst mir nichts mehr vorschreiben.«

Er trat auf seinen Vater zu und versuchte, ihn aus seinem Zimmer zu schieben. Doch der schlug Toms Hände zur Seite.

»Hast du dir mal überlegt, was unsere Nachbarn

über uns denken, wenn herauskommt, was du hier machst?«

Er blickte sich im Zimmer um. Tom war das ein bisschen peinlich, weil es total chaotisch aussah. Er hatte außer dem kleinen Tisch, einem winzigen Regal und dem Stuhl immer noch keine richtigen Möbel, sodass sich seine Klamotten in der Ecke stapelten, auf dem Fußboden waren Bücher und Kopien für die Uni verstreut und eine leere Bierflasche war unter den Heizkörper gerollt. Toms Vater stöhnte und legte die Finger an die Nasenwurzel.

»Was haben wir bloß mit dir falsch gemacht? Sobald wir nicht mehr auf dich achten, drehst du völlig durch.«

Peter zog sich leise in den Flur zurück und ging in die Küche. Tom hoffte, dass er Kaffee machen würde. Denn den brauchte er jetzt dringend, um wach zu werden. Joschi bewegte sich hinter ihm und aus den Augenwinkeln sah Tom, dass er sich anzog. Auch für ihn war das hier eine Katastrophe. Schließlich kannten ihre Väter sich gut. Und Toms Vater würde Joschis erzkatholischen Eltern sicherlich sofort auf die Nase binden, was er in der Stadt vorgefunden hatte.

»Papa!«

»Du hast uns jahrelang belogen. Deine Mutter und mich.«

»Ich habe euch nie belogen. Bitte, geh jetzt aus meinem Zimmer!«

»Ich lasse mir von dir nicht sagen, was ich tun soll!«

Jetzt reichte es Tom. Er schob seinen Vater vehement vor sich her aus dem Zimmer hinaus und wollte die Tür hinter sich zumachen, doch sein Vater schob sie noch einmal auf.

»Dein Vater wird sich sicherlich freuen, wenn ich

ihm erzähle, was du hier mit meinem Sohn machst!«, rief er Joschi zu.

Dann gelang es Tom endlich, die Tür zu schließen, und er stand mit seinem Vater im Flur. Er hörte Peter in der Küche werkeln. Es roch tatsächlich nach Kaffee. Julas Zimmertür öffnete sich einen Spalt weit und Jula sah verschlafen auf den Flur.

»Was ist denn hier los?«, fragte sie.

»Wie viele von denen leben hier denn sonst noch?«, wetterte Toms Vater in ihre Richtung.

Doch anstatt sich davon abschrecken zu lassen, öffnete Jula jetzt ihre Tür ganz. Sie trug nur ein T-Shirt und einen Slip und sah den aufgebrachten Mann im Flur irritiert an. Tom schob ihn weiter in Richtung Küche.

»Lass uns einen Kaffee trinken und in Ruhe miteinander reden!«, sagte er, weil er nicht wollte, dass seine Mitbewohner in den Konflikt hineingezogen wurden.

»Ich werde in diesem Rattenloch nichts anfassen und du kommst jetzt mit!«, brüllte sein Vater.

»Jetzt halt einfach mal die Klappe!«, fuhr Tom ihn an. »Du bist hier nicht zu Hause und ich gehe nirgendwo mit dir hin.«

Peter blickte besorgt aus der Küche heraus.

»Brauchst du Hilfe?«, fragte er.

Wutentbrannt wandte sich Toms Vater zu Peter um.

»Ich habe Ihnen schon einmal gesagt, Sie sollen sich da raushalten!«

Peter zuckte zusammen und für Tom war klar, dass er eine Entscheidung treffen musste. Sein Puls raste. Dann straffte er die Schultern, ging zur Wohnungstür und zog sie auf.

»Raus!«, sagte er ruhig, aber bestimmt.

Erstaunt sah ihn sein Vater an. »Du wirfst mich raus?«

»Ja, ich werfe dich raus.« Tom holte tief Luft. »Und wenn du nicht sofort verschwindest, dann rufe ich die Polizei.«

»Das wagst du nicht!«

»Peter!«, rief Tom in Richtung Küche. Der stand immer noch im Türrahmen. »Ruf die Polizei!«

»Okay«, antwortete er trocken und zückte sein Handy.

»Das ist doch jetzt nicht dein Ernst!«, brach es aus Toms Vater hervor. »Du bist immer noch mein Sohn!«

Tom pulsierte das Herz bis in die Kopfhaut. Aber er wollte nicht mehr zurück. In der Küche hörte er Peter telefonieren. Er wusste, dass er nicht allein war.

»Ich bin dein Sohn und nicht dein Eigentum. Ich bin erwachsen. Und du verschwindest jetzt sofort!«

Er hielt dabei weiterhin die Wohnungstür auf. Peter kam in den Flur, das Handy hatte er noch in der Hand.

»Die Polizei ist unterwegs«, sagte er und verschränkte die Arme.

»Raus!«, wiederholte Tom äußerlich ruhig, während in ihm ein Sturm tobte.

Sein Vater fiel in sich zusammen. Er warf Tom einen verzweifelten Blick zu, setzte dann aber einen Schritt in Richtung Tür.

»Tom«, sagte er jetzt fast bittend, »überleg genau, was du jetzt tust.«

Tom schüttelte den Kopf und blieb an der offenen Tür stehen, die Augen fest auf seinen Vater gerichtet. Der nickte fast unmerklich und verließ die Wohnung. Tom drückte hinter ihm die Tür ins Schloss. Dann sah er in den Flur seiner WG. Peter hatte die Arme erleichtert sinken lassen, Jula lehnte an der Wand neben ihrem Zimmer und seine eigene Zimmertür öffnete sich jetzt vorsichtig. Joschi sah ihn mit entsetztem Blick an.

In diesem Moment begann Tom zu zittern. Erst seine Hände und sein Kiefer, dann nach und nach der gesamte Körper. Die Tränen schossen ihm in die Augen und er konnte nicht mehr aufrecht stehen. Er stolperte mit geschlossenen Augen rücklings gegen die Wand und rutschte langsam daran herunter. Peter, Jula und Joschi stürzten gleichzeitig auf ihn zu.

Tom heulte sich den ganzen Frust und die Angst aus den Augen. Er zitterte und fühlte sich so elend wie noch nie in seinem Leben. Er hatte seinen Vater vor die Tür gesetzt. War er denn von allen guten Geistern verlassen? Was hatte er getan? Aber was hätte er denn sonst tun sollen?

Jula nahm ihn fest in die Arme. Sie tat nichts anderes, als ihn festzuhalten. Lange saßen sie so auf dem Fußboden des Flurs, bis Tom sich ein wenig beruhigt hatte, das Zittern nachließ und die Tränen nicht mehr flossen. Irgendwann hob er den Kopf und sah Joschi vor sich stehen. Dem stand der Schock noch in den Augen. Peter hatte die Hand auf Joschis Schulter gelegt und den Blick mitfühlend auf Tom gerichtet. Und in diesem Moment wurde Tom klar, was er gewonnen hatte, indem er in die Stadt gezogen war. Freunde. Menschen, die zu ihm standen, ganz egal, wer er war und was er tat.

Jula zog ihn hoch und wischte ihm die Tränen und den Rotz mit ihrem T-Shirt ab. Und dann lächelte sie.

»Ich bin verdammt stolz auf dich«, sagte sie leise und nahm ihn erneut in die Arme.

Ein neuer Schub an Schluchzern und Tränen überrollte Tom. Aber jetzt fühlte sich das anders an. Er war tief gerührt, und als er Jula nach einer Weile in die Augen blickte, wurde er von einer Welle aus Zuneigung überrollt.

»Kaffee?«, fragte Peter und verschwand in der Küche.

Jula ließ Tom los und der bemerkte Joschis unverändert verstörten Gesichtsausdruck. Was hatte er getan? Joschi war bei seinen Eltern bestimmt nicht geoutet. Sie hatten nie darüber gesprochen, aber Tom kannte Joschis Eltern. Sie waren streng katholisch und würden einen schwulen Sohn nicht tolerieren.

»Es tut mir leid«, murmelte Tom.

Doch Joschi zog ihn fest zu sich heran. Tom spürte die Wärme seines Körpers, er roch den Schlaf, der noch in seinem T-Shirt hing, er hörte ihn atmen. Und er fühlte sich geborgen.

»Das braucht dir nicht leidzutun«, murmelte Joschi ihm ins Ohr.

»Was, wenn er das wirklich deinen Eltern erzählt?«

Joschi zuckte mit den Schultern. »Irgendwann werden sie es sowieso erfahren. Dann eben so. Der Einzige, der sich entschuldigen muss, ist dein Vater.«

Er drückte Tom noch einmal an sich und fuhr ihm mit den Fingern durchs Haar. Tom legte ihm seinerseits die Arme um den Körper und hielt ihn fest. So verharrten sie eine Weile ineinander verschlungen. Er nahm einen tiefen Atemzug. Da schoss ihm ein Gedanke durch den Kopf.

»Was ist mit der Polizei?«, fragte er Peter, der gerade mit zwei dampfenden Kaffeetassen aus der Küche kam.

»Ich hab da schon angerufen und gesagt, dass sie nicht kommen brauchen.«

»Danke.«

Kurz darauf saßen sie zu viert am Küchentisch. Joschi rauchte eine Zigarette und schien tief in Gedanken versunken. Tom betrachtete ihn schweigend. Jula und Peter waren mit ihren Handys beschäftigt. Ruhe zog in

Toms Herz ein. Hier war er jetzt zu Hause. Das alte hatte er hinter sich gelassen. Und obwohl er die Menschen an diesem Tisch zum Teil erst seit Kurzem kannte, war er sich sicher, dass er sich auf sie alle verlassen konnte.

»Und nun?«, fragte er nach einer Weile.

Joschi tauchte aus seinen Gedanken auf und wandte sich ihm zu.

»Seid ihr jetzt doch zusammen?«, fragte Jula neugierig.

Tom und Joschi sahen sich an. Joschi griff nach Toms Hand und drückte sie. Sie blickten sich in die Augen und sie verstanden sich, ohne miteinander zu sprechen.

»Ich könnte nie mit einem Mann zusammen sein, der seinen armen alten Vater vor die Tür setzt«, sagte Joschi mit gespieltem Ernst.

»Und ich würde niemals eine Beziehung mit einem Mann führen, der sich vorsätzlich volllaufen lässt, nur um bei einem Typen in die Kiste steigen zu dürfen.«

Dann brachen sie in ein befreiendes Lachen aus. Peter und Jula starrten sie einen Moment lang verständnislos an. Doch dann lachten sie mit.

»Ich geh mal zum Bäcker«, sagte Jula und erhob sich. »Irgendwelche besonderen Wünsche?«

»Champagner!«, sagte Joschi.

Eine halbe Stunde später saßen sie am üppig gedeckten Frühstückstisch. In abgestoßenen Weingläsern unterschiedlicher Größe perlte billiger Sekt aus dem Kiosk an der nächsten Ecke. Sie stießen an und der Alkohol pulsierte sofort durch Toms Körper.

»Junge, Junge!«, sagte Peter schließlich. »So stelle ich mir ein anständiges Coming-out vor.« Er blickte zwischen Tom und Joschi hin und her. »Das macht ihr aber jetzt nicht jeden Sonntag so, oder?«

»Keine Sorge«, entgegnete Tom.

Nach dem Frühstück spürte Tom die Erschöpfung in den Knochen. Er hatte gestern – mal wieder – zu viel getrunken, die Nacht war einfach zu kurz gewesen und der lautstarke Streit mit seinem Vater hatte ihn Kraft gekostet. Jula und Peter räumten den Küchentisch ab, während sich Tom und Joschi ins Zimmer zurückzogen und sich ihrer Jeans und T-Shirts entledigten.

Sie standen etwas befangen voreinander und sahen sich an. Trotz der Müdigkeit hatte der Sekt eine leicht aufputschende Wirkung auf Tom und in seiner Boxershorts rührte sich eine Erektion. Als er den Blick senkte, sah er, dass es Joschi genauso ging.

Joschi räusperte sich.

»Wie war das jetzt mit Mitbewohnern und guten Freunden?«, fragte er.

»Vielleicht muss man an denkwürdigen Tagen mal eine Ausnahme machen«, antwortete Tom.

»Und wie sieht die aus?«

Tom streifte seine Shorts ab und stand nackt vor Joschi.

»So in etwa«, sagte er.

Joschi verzog die Lippen zu einem Grinsen.

Da ließ auch Joschi seine Shorts auf den Boden rutschen und trat einen Schritt auf Tom zu. Die Eicheln ihrer Schwänze berührten sich leicht und Tom fühlte eine tröstende Wärme von den Zehen bis in die Kopfhaut rauschen. Er betrachtete die beiden Erektionen zwischen sich und hob dann den Blick, um Joschi anzusehen.

»Freunde?«, fragte er.

»Freunde.«

Joschi nahm ihn an der Hand und zog ihn auf die Matratze herunter. Er legte Tom auf den Rücken und deckte ihn mit seinem warmen Körper zu. Sie lagen eine Weile ruhig aufeinander, bis Tom die Arme hob und sie sanft über Joschis Rücken wandern ließ. Er strich von den Schultern über den Rücken bis zu dem schmalen Hintern, er hob sein Becken leicht an und ließ es vorsichtig kreisen. Joschi sah ihm in die Augen und senkte dann seine Lippen auf Toms Mund herab. Der Kuss war zärtlich und zugleich fordernd, er machte Tom mit jedem Atemzug gieriger, aber sie blieben aufeinander liegen. Sie streichelten sich und küssten sich immer wieder. Sie bewegten ihre Becken sanft auf und ab, von rechts nach links. Sie rieben sich aneinander und hauchten sich ihren heißen Atem in die Ohren. Tom spürte, dass er sich nicht mehr lange zurückhalten konnte, und schlug die Augen auf, die er eine Weile genussvoll geschlossen gehalten hatte. Joschi hob den Kopf ein wenig an, sodass sie sich ansehen konnten. Tom meinte, in seinen Augen Tränen zu entdecken. Ein angenehmes Prickeln und Ziehen wanderte durch seinen Schwanz, vom Schaft bis in die Spitze der Eichel. Kurz bevor er leise sagen wollte, dass er gleich kam, zuckte Joschi leicht zusammen. Tom spürte den warmen Samen auf seinen Bauch schießen, während Joschi seinen Körper anspannte. Und dann kam Tom selbst. Heiße Ströme durchzuckten ihn. Das Sperma schoss aus der Tiefe seines Körpers, durch den Samenleiter bis zur Schwanzspitze und deckte seinen Bauch mit seiner Wärme zu. Der Orgasmus ließ sein Becken und den Hintern erzittern. Er bestand für einen Moment nur aus Lust und Befriedigung. Sein Körper schien nicht aufhören zu wollen, in leichten Konvulsionen zu zucken. Dann war es vorbei.

Er atmete mit einem leisen Stöhnen aus. Das Zucken hielt noch an, wurde seltener und leichter, während sie noch eine Weile behaglich aufeinanderlagen, bis sich Joschi vorsichtig von Tom herunterwälzte, die Decke über sie beide zog und sich auf der Seite liegend mit dem Rücken an ihn schmiegte. Tom legte einen Arm um Joschi, strich über das klebrige Sperma auf dessen Bauch und versenkte sein Gesicht in den weichen Nacken.

Sie schliefen, bis es draußen dunkel wurde.

Neunzehntes Kapitel

Einen Tag lang drückte Tom sich davor, seine Mutter anzurufen. Auch weil er befürchtete, dass sein Vater ans Telefon gehen könnte. In der Uni saß er Phil im Seminar wieder gegenüber und wie in der Woche zuvor kommunizierten sie über Gesten und Mimik miteinander. Nach der Veranstaltung sprachen sie sogar kurz zusammen. Danach rang er sich endlich durch und rief seine Mutter auf ihrem Handy an.

Sie war erst ein bisschen reserviert, weil sie natürlich nach der Rückkehr von Toms Vater dessen ausführliche Version des Geschehens am Sonntag gehört hatte. Doch dann stellte sich nach und nach heraus, dass sie längst wusste, was mit Tom los war.

»Glaubst du denn, einer Mutter fällt nicht auf, wenn ihr Sohn seinen Eltern nie ein Mädchen vorstellt?«, fragte sie lachend.

»Und was ist mit Pia?«, wunderte sich Tom.

»Ach, Pia. Das habe ich ehrlich gesagt nie richtig ernst genommen. Und jetzt hat sich ja herausgestellt, dass du ihr besser nicht vertrauen solltest.«

Mit Pia hatte Tom immer noch nicht gesprochen. Er hatte es ein paarmal versucht, aber sie nahm keinen seiner Anrufe entgegen.

»Dann hat sie wirklich mit euch geredet?«

»Von ihr wissen wir das doch alles.« Toms Mutter atmete hörbar aus und Tom drückte das Telefon an sein Ohr, damit er sie besser verstand. »Sie ist neulich hier aufgetaucht. Abends. Und sie hatte offenbar getrunken. Sie ist in unser Wohnzimmer gestürmt, hat sich aufs Sofa gesetzt und geheult. Und dann hat sie erzählt, dass du dich in der Stadt mit Männern triffst und angeblich nicht weißt, was du da machst.«

So etwas in der Art hatte Tom befürchtet. Er hatte zwar immer noch gehofft, dass Pia sich aus alter Freundschaft zu ihm zurückhalten würde und ihre Drohung, mit seinen Eltern zu reden, nicht wahr machen würde, aber darin hatte er sich getäuscht. Und das war erschütternd, denn beinahe hätte er ja mit ihr ein gemeinsames Leben angefangen. Er hatte ihr vertraut. Bis vor Kurzem hatte er ihr alles erzählt, was ihn beschäftigte. Na ja, fast alles. Vielleicht hatten sich die Dinge in den letzten Wochen auch einfach zu schnell entwickelt. Kein Wunder, dass die Menschen um ihn herum irritiert waren und durchdrehten.

Seine Mutter riss Tom aus den Gedanken.

»Ehrlich gesagt war ich ziemlich sauer auf Pia«, sagte sie. »Denn das, was sie uns gesagt hat, klang ganz danach, als hättest du ihr das im Vertrauen erzählt. Ich verstehe, dass sie nach deinem überstürzten Aufbruch enttäuscht war. Aber hat sie denn wirklich geglaubt, mit dir hier im Dorf eine harmonische Ehe führen zu können? Ich meine – die kennt dich doch auch schon viele Jahre. Und sie muss doch auch gemerkt haben, dass du da etwas Wichtiges unter dem Deckel hältst, oder?«

Damit traf seine Mutter den Nagel auf den Kopf. Er hatte Pia nie etwas versprochen. Ganz im Gegenteil: Sie hatten sich auf eine lockere Affäre geeinigt. Und dann hatten sich ihre Gefühle zu ihm verändert, ohne dass sie ihm das gesagt hatte. Vielleicht aus Angst, dass dann alles vorbei wäre. Aber das war es ja dann sowieso. Wie hieß der Spruch noch mal, den er neulich im Seminar aufgeschrieben hatte? *Es gibt kein richtiges Leben im falschen.*

»Weißt du, ob sie auch noch mit anderen über mich geredet hat?«, fragte er seine Mutter.

Am anderen Ende der Telefonleitung war es eine Weile still. Er hörte seine Mutter atmen und er sah sie förmlich vor sich sitzen, an ihrem Arbeitstisch in dem kleinen Zimmer unter dem Dach, das er mit ihr vor einem Jahr ausgebaut hatte, damit sie sich hin und wieder zurückziehen konnte.

»Mama?«

»Sie hat mit anderen gesprochen. Mit vielen. Sie hat die Geschichte jedem auf die Nase gebunden, dem sie über den Weg gelaufen ist.«

Bei dieser Nachricht wurde Tom ganz anders zumute. Das Dorf war nicht groß. Dreitausend Einwohner. Viele kannte er vom Sehen. Fast alle aus seiner Grundschulklasse lebten noch in dem Kaff. Und er wusste, dass sich Pia mit einigen aus der Schule regelmäßig traf. Jetzt wussten also alle, was er tat.

»Ich werde angesprochen. Papa auch. Beim Bäcker. Beim Sport. In der Kirche. *Ich habe da so komische Sachen von Ihrem Tom gehört.* Keiner macht richtig den Mund auf und redet Klartext. Aber alle warten auf die Sensation oder darauf, dass ich losheule, oder was auch immer. Und die fallen dann aus allen Wolken, wenn ich ihnen sage, dass du halt mit Männern schläfst und das niemanden was angeht.«

Na, wunderbar! Beim nächsten Besuch würde er

richtig Spaß haben. Und er konnte sich genau vorstellen, dass keiner das Wort *schwul* in den Mund nahm. Allein die Vorstellung, dass zwei Männer miteinander Sex hatten, fanden die meisten Menschen in seinem Heimatdorf vermutlich schon abstoßend.

»Und Papa?«, fragte Tom. »Ist er sauer?«

Wieder schwieg seine Mutter eine Weile. Und Tom bereute schon, sie gefragt zu haben. Das sollte er wohl besser direkt mit ihm klären. Nicht über seine Mutter. Die musste schon genug aushalten, wenn sie den Höhlenbewohnern des Dorfes Paroli bot.

»Er braucht Zeit, um das zu verstehen«, sagte sie jetzt. »Er hat das nicht kommen sehen, weißt du? Für ihn war alles in bester Ordnung, als du deine Ausbildung im Landratsamt angefangen hast. Und als du dann auch noch mit Pia angebändelt hast, mit deren Vater er jeden Samstag kegelt, da war die Sache für ihn geritzt.«

Joschi schwirrte der Kopf. Hatte er es sich jetzt mit seinem Vater endgültig verscherzt? Er kannte die Geschichten von Schwulen, die den Kontakt zu ihren Eltern oder zu einem Elternteil abbrachen, weil sie auf keinerlei Verständnis stießen. Aber das wollte er nicht. Er wollte, dass sein Vater ihn verstand.

»Mama? Muss ich mich bei Papa entschuldigen?«

»Dafür, dass er sich in dein Leben einmischt? Dass er dich am Sonntagmorgen aus dem Bett schmeißt und deinen Freund beschimpft?«

»Hat er davon erzählt?«

»Er hat mir ziemlich viel erzählt.« Seine Mutter machte wieder eine Pause. Dann fuhr sie fort: »Du warst doch damals schon mit dem Joschi so eng befreundet. Und dann ging das von einem auf den anderen Tag auseinander. Da habe ich mir einfach meine Gedanken gemacht.«

»Wir hatten damals eine Auseinandersetzung.«

Das stimmte zwar nicht so richtig, aber alles andere würde in einem Gespräch mit seiner Mutter zu weit gehen.

»Aber ihr habt euch wiedergetroffen«, sagte seine Mutter. »Und das freut mich. Ich mochte den Joschi damals sehr gern. Und jetzt sehe ich ihn ja vermutlich wieder häufiger.«

O.k., da musste Tom also noch ein paar Dinge klären. Denn sie waren ja kein Paar. Er wollte nicht nachfragen, was genau sein Vater von Joschi erzählt hatte, denn Tom erinnerte sich nur zu gut, wie er nackt vor ihm gestanden hatte, während Joschi – ebenfalls nackt – in seinem Bett lag. Die Schlussfolgerung seiner Mutter, die das vermutlich von seinem Vater haarklein erfahren hatte, war logischerweise, dass sie zusammen waren. Aber das würde er zu einem späteren Zeitpunkt klären. Nicht jetzt.

»Tom?«

»Mama?«

»Ich bin stolz auf dich, dass du es geschafft hast, hier rauszukommen. Ich meine, ich vermisse dich sehr und ich hoffe, dass du uns bald besuchen kommst. Aber ich habe den Schritt, wegzugehen, damals nicht hingekriegt. Ich bin hiergeblieben. Und du siehst ja, wohin das geführt hat.«

»Was meinst du damit?«

»Lange halte ich das mit deinem Vater nicht mehr aus. Und seine Reaktion auf Pias Nachrichten schlägt dem Fass den Boden aus. Du bist doch sein Sohn. Und jetzt verhält er sich so, als wärest du ein Aussätziger.

Wenn er zu dir stehen würde, würden auch die Leute irgendwann aufhören zu reden, da bin ich mir sicher.«

Am liebsten hätte Tom seine Mutter umarmt. Oder sie auch in die Stadt geholt. Es tat so gut, dass wenigstens sie auf seiner Seite war.

Etwas später am Abend rief Tom bei Joschi an. Der hatte einen entsetzten Anruf seiner Mutter erhalten, nachdem Toms Vater bei ihnen zu Hause aufgekreuzt war. Indem Toms Vater die Nachrichten brühwarm weitertrug, verhielt er sich nicht besser als Pia. Und das enttäuschte Tom zusätzlich.

In Joschis Familie kochte es noch mehr als bei ihm. Aber Joschi wollte nichts davon hören, als Tom einen Teil der Verantwortung auf sich nahm.

»Ich bin doch selbst schuld, dass ich meinen Eltern nie etwas gesagt habe«, sagte er. »Und es war klar, dass sie irgendwann erfahren würden, dass ich schwul bin. Ich hab's einfach drauf ankommen lassen. C'est la vie. Immerhin verstoßen sie mich nicht, das ist doch schon mal was.«

Und dann beschlossen sie, Nägel mit Köpfen zu machen. Sie wollten am nächsten Wochenende zusammen ins Dorf fahren. Joschi schlug sogar vor, dass sie so tun sollten, als seien sie ein Paar. Tom war skeptisch, denn das würde bei ihren Eltern – oder zumindest bei seiner Mutter – Erwartungen schüren, denen er später vielleicht nicht mehr gerecht werden konnte. Und dann schoss ihm ein unangenehmer Gedanke durch den Kopf.

»Joschi, sag mal ehrlich: Wir sind doch nur Freunde, oder? Wenn du mehr willst, dann musst du mir das sagen.«

Er erzählte ihm von seiner Erfahrung mit Pia und davon, wie beschissen es gewesen war, von ihr im Ungewissen über ihre wachsende Zuneigung und ihre Erwartungen gelassen worden zu sein.

»Keine Sorge«, sagte Joschi. »Ich bin kein Masochist. Ich liebe dich auf eine komplizierte Weise. Und ich kriege sofort eine Erektion, wenn ich an deinen Schwanz und an das denke, was wir gestern gemacht haben. Vielleicht will ich davon auch noch mal wieder kosten. Aber trotzdem bleibe ich dabei: Wir sind Freunde.«

»Warum?«

»Weil Freunde so viel wichtiger sind als Sex. Oder eine schwierige Beziehung mit einem introvertierten Mann oder ...«

»Wieso introvertiert? Findest du mich schwierig?«, fragte Tom etwas pikiert.

»Siehst du? Genau das meine ich.« Joschi lachte. »Ich will solche Diskussionen nicht führen. Ich will dich als Freund haben, der nackt vor seinem Vater stehen kann, ohne sich dafür schämen zu müssen.«

Tom plante zwar nicht, jemals wieder nackt vor seinem Vater zu stehen, und na ja, er hatte sich dabei geschämt, aber er kapierte, was Joschi ihm da gerade sagte. Ihre Freundschaft aus der Schulzeit war nie vorbei gewesen. Sie hatte sich bloß eine Auszeit genommen, hatte sich erholt von den ganzen hormongeschwängerten Pubertätseskapaden, von den nächtelangen Gesprächen über Mädchen, die sie beide eigentlich nie interessiert hatten, wie sie jetzt wussten. Sie hatten am Abend der Abifeier den Resetknopf gedrückt und der Neustart hatte nun mal zwei Jahre gedauert. Dafür war das System jetzt vollständig von Bots befreit. So als wäre die Titanic gesunken und Jack hätte am Ende doch überlebt.

»Aber du willst mehr von meinem Schwanz!«, warf Tom lachend ein.

»Ja, klar! Und von deinem Arsch und deinen Eiern und von dem ganzen Kerl, der da dranhängt.«

Jetzt hatte Tom eine Erektion. Er hätte sofort zugestimmt, wenn Joschi den Vorschlag gemacht hätte, dass sie sich trotz der vorgerückten Uhrzeit noch mal träfen. Aber Joschi sagte nichts. Und Tom traute sich mal wieder nicht.

»Und was ist, wenn sich einer von uns in einen anderen Typen verknallt?«

Tom wollte nicht noch einmal in die Situation wie mit Pia geraten. Jemanden zu verletzen, den er eigentlich gernhatte.

»Keiner von uns weiß, was morgen ist, oder?« Joschi war jetzt wieder ernst geworden. »Außerdem gibt es viele Möglichkeiten. Vielleicht verlieben wir uns ja in den gleichen Mann und der sich in uns beide? Dann führen wir eben eine Dreierbeziehung. Oder wir haben neben einer Beziehung weiter Sex. Das geht ja auch. Oder wir verlieben uns gleichzeitig in schwule Zwillinge und sind beide total glücklich mit dem, was wir haben.«

»Aber worauf kann ich mich denn dann noch verlassen?«, stöhnte Tom verwirrt. »Wenn wir nicht wissen, was morgen kommt, dann ist doch alles unsicher.«

»Nein, das ist es nicht.« Joschi machte eine Pause. »Du kannst lernen, zu vertrauen. Anderen Menschen und vor allem dir selbst.«

Tom lag nach dem Telefonat mit Joschi noch lange auf seiner Matratze, die er ans Fenster gezogen hatte, und blickte auf dem Rücken liegend in den Himmel. Vielleicht hatte Joschi ja recht und er konnte das mit dem Vertrauen lernen.

Zwanzigstes Kapitel

FREITAGABEND. TOM UND Joschi saßen im Nahverkehrszug in die Kreisstadt, wo sie von Toms Mutter am Bahnhof abgeholt werden sollten. Eine Stunde mussten sie in
diesem Zug aushalten, nachdem sie vorher schon zwei
Stunden in einem Intercity ohne WLAN gesessen hatten. Kleine Bahnhöfe hielten den Zug ständig auf, Wälder und Wiesen wechselten sich mit verlassenen Indus-
triegeländen und Abraumhalden aus der Zeit des
Bergbaus ab. Tom und Joschi hatten es sich in einer
Zweiersitzreihe bequem gemacht. Sie saßen eng nebeneinander, quatschten und ließen den Blick immer wieder aus dem Fenster wandern. Hin und wieder landete
Joschis Hand auf Toms Oberschenkel und Tom sinnierte dabei über die Diskrepanz zwischen dem Leben in
der Stadt und seiner Erwartung an die Provinz, die ja
mal seine Heimat gewesen war.

Gerade wollte er Joschi fragen, wie er damit in den
letzten Jahren klargekommen war, als an einem kleinen
Bahnhof – nicht viel mehr als eine Milchkanne – eine
Gruppe junger Frauen in ihr Abteil stieg. Ein Junggesellinnenabschied auf dem Weg in die Kreisstadt. Tom
stöhnte leise auf und Joschi kniff ihm in den Oberschenkel. Sofort hatte Tom das Bedürfnis, den Abstand zwischen sich und Joschi zu vergrößern, doch der hielt ihn
zurück.

»Jetzt keinen Rückzieher machen!«, raunte er.

Die Frauen, alle etwa Mitte zwanzig, mit wahnsinnig lustigen T-Shirts anlässlich des besonderen Tages, waren schon sichtlich angetrunken und kamen durch die Sitzreihen auf die beiden zu. Tom hasste das. Er hatte sich immer sofort verkrümelt, wenn er diesen Junggesellenabschieden begegnete. Egal, ob es Jungs oder Mädels waren. Blöderweise waren sie beide jung, sahen gut aus und passten damit genau in das Schema der Feiernden. Die erste Frau aus der Gruppe blieb auch direkt neben ihnen stehen.

»Trinkt ihr einen mit?«, fragte sie und reichte ihnen zwei kleine Schnapsfläschchen.

Gerade wollte Tom ablehnen, als Joschi, der auf dem Fensterplatz saß, schon die Hand ausstreckte. Doch das Mädel zog die Fläschchen schnell wieder zurück.

»Nur gegen einen Kuss«, sagte sie lächelnd.

Die anderen Frauen waren hinter ihr im Gang stehen geblieben und kicherten.

»Dann nicht«, sagte Joschi und legte seine Hand wieder auf Toms Bein.

Der Blick der Frau erstarrte. Sie sah erst die Hand an, dann Joschi und schließlich Tom.

»Was seid ihr denn für Spackos?«, fragte sie laut.

»Was ist denn los, Jill?«, fragte eines der anderen Mädchen. »Wollen die nicht?«

Die erste drehte sich zu ihren Freundinnen um.

»Das sind Homos«, antwortete sie. Sie wandte sich wieder den beiden zu. »Seid ihr pervers, oder was?«

In Tom verkrampfte sich alles. Was für eine blöde Kuh! Verzweifelt suchte er nach einer passenden Reaktion auf die Frage, als Joschis Hand über Toms Hose strich.

»Keine Ahnung«, sagte Joschi gelassen. »Wie kommst du darauf?«

Die anderen Mädels drängten sich näher an sie heran und versuchten, einen Blick auf die beiden Jungs zu erhaschen. Tom hörte von einer wieder ein Kichern, während die anderen leise tuschelten.

»Stehst du darauf, in den Arsch gefickt zu werden?«, fragte die Erste mit angeekeltem Blick.

»Nicht wirklich«, sagte Joschi und fixierte sie. »Du?«

Jetzt zuckte das Mädel zurück. »Boah, bist du widerlich!«, zischte sie.

»Lass die doch in Ruhe!«, meinte eine der anderen Frauen, die offenbar die angehende Braut war, denn sie trug einen zerrupften weißen Schleier im Haar.

»Wenn das Schwuchteln sind, dann verkauf ihnen doch Kondome!«, kreischte eine weitere von hinten und verschluckte sich an einem Lachanfall.

Tom bemerkte, wie sich die anderen Fahrgäste im Abteil zu ihnen umwandten und sie angafften. Sie wurden gerade zu einer Sensation, von der man das ganze Wochenende erzählen konnte. *Da waren zwei Homos im Zug.* Tom bekam eine Ahnung davon, was ihn in seinem Heimatdorf erwartete. Er sollte nicht mit allzu viel Anerkennung und Respekt rechnen. Die Gegend war katholisch geprägt und die Leute gingen sonntags in die Kirchen, um sich von zölibatären Pastoren über eine anständige Moral aufklären zu lassen.

Eines der anderen Mädels drängelte sich jetzt an der Ersten vorbei und betrachtete Joschi und Tom eingehend. Tom kam sich vor wie in einem Zoo.

»Aber die sind doch ganz süß«, meinte sie.

Dann beugte sie sich vor und versuchte, Tom zu küssen. Er roch den Alkohol aus ihrem Mund. Tom drehte schnell den Kopf zur Seite. Er wollte dieser Frau nicht näher kommen als nötig. Doch die legte ihm jetzt eine Hand auf den Scheitel und kraulte ihm durch die Haare.

»Kann der auch sprechen?«, fragte sie Joschi. »Oder ist der stumm?«

»Hör mal«, brummte Joschi. »Lasst uns einfach in Ruhe!«

»Oh, der Schwuli ist sauer«, sagte das Mädel und zog die Hand zurück, aber nur um sie mit abgeknicktem Handgelenk vor sich hin und her zu schwenken und mit näselnder Stimme zu sagen: »*Wir sind schwul und wir mögen keine Titten.*« Dann zog sie ihr T-Shirt straff, sodass sich ihre Brüste überdeutlich in den Stoff drückten. »Guckt mal genau hin! Vielleicht kommt ihr ja doch noch auf den Geschmack.«

Tom hatte sich noch nie so klein und so gedemütigt gefühlt. Er war froh, dass Joschi neben ihm saß und er so nicht allein durch diese Situation musste. Aber die Verachtung, die ihm von den Mädels entgegenschlug, war schwer wie Blei und zog ihn runter.

»Nicht mehr darauf reagieren«, flüsterte Joschi.

Ein weiteres Mädel setzte sich jetzt in die Sitzreihe vor ihnen und streckte den Kopf zu ihnen nach hinten. Auch sie schien fasziniert davon zu sein, eine seltene Spezies entdeckt zu haben.

»Macht ihr's auch immer schön brav mit Kondom?«, fragte sie lachend. Dann reichte sie Joschi ein verpacktes Gummi hin. »Nicht dass einer von euch schwanger wird.«

Die anderen lachten lauthals. Toms Hals war trocken. Wie um alles in der Welt kamen sie hier weg? Warum ließen die sie nicht einfach in Ruhe und kümmerten sich um ihren eigenen Scheiß?

»Ach, ihr braucht ja zwei«, meinte das Mädel kichernd und schob ein zweites Kondom zwischen den Sitzen hindurch. »Damit jeder von euch mal ran darf.«

Wieder hysterisches Lachen der anderen. Tom legte seine Hand auf die von Joschi, die weiterhin auf seinem Bein ruhte und nur hin und wieder leicht zuckte.

»Aber nicht hier im Zug rummachen!«, mahnte die erste Frau. »Immerhin sind auch Kinder im Abteil. Los Mädels, lasst uns 'n paar echte Männer suchen!«

Und dann verzogen sie sich. Endlich. Tom hörte sie hinter sich durch den Waggon gehen, kreischend und laute Kommentare über die perversen Schwulen von sich gebend, bis sie durch die Tür am Ende des Wagens verschwanden und Tom nur noch hin und wieder ein Johlen hörte.

Er atmete auf und hatte Tränen in den Augen. Joschi legte den Arm um ihn.

»Daran musst du dich leider gewöhnen. Bis solche Menschen mit uns klarkommen, wird es noch lange dauern.«

Aus irgendeinem Grund hatte Tom gehofft, dass es anders wäre. Aber er kannte ja die Kommentare aus seiner Schulzeit, von den Gemeindefesten und sogar aus seinem alten Freundeskreis. Toleranz konnte er aus dieser Richtung nicht erwarten.

»Entschuldigung«, sagte eine Stimme neben Tom und er befürchtete schon, dass der Junggesellinnenabschied zurück sei. Aber es war nur eine etwa dreißigjährige Frau, die mit leicht schockiertem Gesichtsausdruck zu ihnen herabsah. »Ich bin zu spät reingekommen, sonst hätte ich mich eingemischt«, meinte sie. »Das war unter aller Sau, was die sich da erlaubt haben.«

»Danke«, sagte Joschi.

»Kommt ihr klar?«, fragte die Frau weiter. »Ich setze mich zwei Reihen hinter euch. Wenn die zurückkommen sollten, hau ich denen in die Fresse. Versprochen!«, ergänzte sie aufmunternd lächelnd.

Die Worte der Frau entschärften die Situation ein bisschen. Sie waren nicht allein. Erschöpft lehnte Tom seinen Kopf an Joschis Schulter, und als der ihm eine Hand an die Wange legte, spürte Tom den Schmerz, den er in den letzten Minuten zurückgehalten hatte. Lautlos liefen ihm die Tränen über das Gesicht, die Joschi kommentarlos wegwischte. Ja, daran würde er sich tatsächlich noch gewöhnen müssen, aber Tom war sich nicht sicher, ob er das jemals schaffen würde.

Jack war auf der Titanic von den meisten Passagieren der ersten Klasse auch nicht akzeptiert worden und trotzdem seinen eigenen Weg gegangen. Auch wenn das am Ende nicht so richtig gut für ihn ausgegangen war …

Einundzwanzigstes Kapitel

Der Abend bei Toms Eltern verlief reserviert. Sein Vater ging ihm aus dem Weg und seine Mutter versuchte unentwegt, zwischen den beiden zu vermitteln. Tom fühlte sich beschissen mit der Situation. Diese Sprachlosigkeit seines Vaters und die Ignoranz, die er dahinter vermutete, kotzte ihn an. Also ging er früh in sein Zimmer. Mit Joschi verabredete er sich für den nächsten Vormittag am Brunnen vor der Kirche. Aus dessen Nachrichten schloss er, dass es bei ihm zu Hause nicht besser aussah als bei Tom. Eher schlimmer. Im Wohnzimmer hörte er seine Eltern streiten, was sonst nie vorkam, und er ahnte, dass der Streit mit ihm zu tun hatte. Aber er hatte keine Lust, sich in den Konflikt einzumischen. Er musste erst einmal mit sich selbst klarkommen. Und im Grunde ging es bei der Auseinandersetzung im Wohnzimmer gar nicht um ihn, sondern um die beiden, um seine Eltern und deren Beziehung, die schon seit Jahren nicht mehr rundlief. Offenbar hatte sein Outing einen Stein ins Rollen gebracht, der nicht mehr aufzuhalten war. Er hatte lange genug mit seinen Eltern unter einem Dach gewohnt und hatte oft genug versucht, ihre still ausgetragenen Konflikte zu besänftigen. Jetzt war er erwachsen und seine Eltern mussten ohne ihn zurechtkommen.

Nachts träumte er von den Frauen im Zug. In seinem

Traum machten sie anzügliche Bemerkungen und Tom stellte mit Entsetzen fest, dass er völlig nackt war. Er wollte sich mit irgendwas bedecken, wollte sich verstecken, wollte fliehen, aber all das gelang ihm nicht. Immer stand ihm eine der Frauen im Weg und zur Krönung stürmte Finn in den Waggon und beschimpfte ihn wüst. Als Tom den Blick zur Seite wandte und aus dem Fenster sah, entdeckte er Joschi, der einsam auf einem Bahnsteig stand und ihm zulächelte. Er versuchte, aus der Sitzreihe herauszukommen, griff schließlich zu einem Nothammer, mit dem er die Scheibe zerschlug, doch die Scherben bohrten sich in seine Arme und verursachten höllische Schmerzen.

Als Tom die Augen aufschlug, war es noch früher Morgen. Die Sonne ging gerade auf und Tom öffnete das Fenster, um die frische Landluft zu sich hereinzulassen. Das war einer der wenigen Punkte, der für die Provinz sprach: die Luft. In der Stadt war es irgendwie immer stickig. Die ewig stinkenden Autos, die Industrie rings um die Stadt herum, die einen großflächigen Luftaustausch hemmte. All das verstopfte die Lungen. Hier auf dem Dorf roch Tom den Wald und die Kühe des Bauern in der Nähe. Die Luft war angenehm kühl und aus der Küche im Untergeschoss zog der Duft von Kaffee zu ihm nach oben.

Er ging unter die Dusche und zog sich an. Seine Mutter saß mit der Zeitung am Küchentisch. Tom setzte sich mit einem Kaffee zu ihr und sah aus dem Fenster in den großen Garten, in dem er seinen Vater über ein Beet gebeugt entdeckte.

»Kartoffeln?«, fragte Tom.

»Und Möhren«, antwortete seine Mutter. »Die letzten in diesem Jahr.«

168

»Ihr habt euch gestern Abend gestritten.«

»Er ist ein verbohrter Holzkopf.« Toms Mutter seufzte. »Sprich mit ihm! Vielleicht hört er dir ja zu.«

Tom trat auf die Terrasse hinaus und beobachtete seinen Vater eine Weile. Schließlich schlenderte er auf ihn zu. Als er näher kam, richtete sich sein Vater mühsam auf. Tom hatte den Eindruck, dass er älter geworden war. Sein Vater blickte ihm entgegen und warf eine Möhre in eine bereitstehende Holzkiste.

»Die Maikäferlarven hätten uns die Ernte beinahe ruiniert«, sagte er mit schleppender Stimme.

Tom blieb vor seinem Vater stehen.

»Habt ihr Gift gespritzt?«

Sein Vater lachte leise und schüttelte den Kopf.

»Das hast du uns verboten, als du zehn Jahre alt warst.« Er sah seinem Sohn in die Augen. »Auch wenn du mir das vielleicht nicht glaubst, wir lernen doch manchmal von unserem Kind.« Er lächelte.

Tom hatte Tränen in den Augen. Auch bei seinem Vater meinte er, etwas in den Augenwinkeln blitzen zu sehen. Schnell bückte sich sein Vater, fischte eine der frisch geernteten Möhren aus dem Korb und wischte sie mit den Händen einigermaßen sauber.

»Frisch schmecken sie am besten, das weißt du ja.«

Tom nahm die Möhre entgegen und biss hinein. Knackend brach er die Spitze mit den Zähnen ab. Er schmeckte die Süße und zugleich die bittere Erde, die noch an der Möhre hing. Der Sand knirschte zwischen seinen Zähnen und Tom roch den Schweißgeruch, der aus dem Blaumann seines Vaters kroch. In der Ferne krähte ein verspäteter Hahn und aus dem Wald wehte ein leichter Wind voller Herbstdüfte zu ihnen herüber.

Joschi lehnte schon am Brunnen und drehte sich eine Zigarette, als Tom auf die Kirche zuging. Vor dem Edeka auf der anderen Straßenseite standen Leute aus dem Dorf, die die Köpfe zusammensteckten, zu ihnen herübersahen und schnell den Blick abwandten, als Tom Joschi mit einer Umarmung begrüßte.

»Wie ist es gelaufen?«, fragte Joschi und ließ sein Feuerzeug aufflammen.

»Geht so«, antwortete Tom. »Und bei dir?«

»Beschissen!« Joschi blinzelte in die Sonne. »Meine Eltern haben gestern den ganzen Abend versucht, mich zu bekehren. Ich solle doch auch mal an sie denken und so.«

»Und was machst du jetzt?«

Joschi rauchte ein paar Züge. Dann trat er die Kippe aus und richtete sich gerade auf.

»Ich finde, wir hauen jetzt auf die Kacke.«

Er streckte Tom die Hand hin. Tom dachte nicht lange nach und griff zu. Joschis Hand war warm und fügte sich perfekt in seine ein.

»Wenn die eine Sensation haben wollen, dann bieten wir ihnen doch die ganze Show«, sagte Joschi. »Bist du dabei?«

In Toms Bauch grummelte es, aber er verstand, was Joschi meinte. Er zog ihn zu sich heran und küsste ihn auf den Mund. Erst war es nur ein schneller Kuss, doch als Tom sich schon wieder lösen wollte, schlang Joschi die Arme um ihn, drängte sich an ihn und küsste ihn richtig. Sie standen knutschend auf dem kleinen Marktplatz ihres Heimatortes und sorgten dafür, dass die Leute Gesprächsstoff für den ganzen Herbst hatten. Und irgendwie fühlte sich das verdammt richtig an.

Nach der Knutscherei gingen sie Hand in Hand über die Hauptstraße bis zur Tankstelle, drehten um, schlenderten noch einmal am Edeka und der Kirche vorbei, spürten die fassungslosen Blicke der Einheimischen auf sich und brachen in schallendes Gelächter aus, als sie den Trafokasten am Ortsausgang erreichten.

»Ist euch das nicht peinlich?«, fragte Pia, die plötzlich neben ihnen auftauchte. Sie baute sich mit verschränkten Armen vor ihnen auf. »Das ist doch kindisch.«

Tom betrachtete sie eine Weile und überlegte, was er sagen sollte. Doch ihm fiel einfach nichts ein. Joschi sah ihn von der Seite an und lehnte sich an den Trafokasten, aus dem ein leises Summen kam. Er runzelte die Stirn und ließ den Blick zwischen Pia und Tom hin und her wandern. Und Tom war klar, dass das hier eine Sache zwischen ihm und Pia war. Joschi hatte nichts damit zu tun.

»Du hast es also allen erzählt?«, fragte er Pia.

»Warum auch nicht? Schließlich hast du uns alle belogen.«

»Pia«, sagte Tom, »du kapierst es einfach nicht, oder?«

»Was ist daran schon groß zu kapieren?«

Tom stöhnte. Wie sollte er Pia das erklären? Wollte sie überhaupt wissen, was in ihm vorging?

»Du verhältst dich wie eine frustrierte alte Frau«, sagte er schließlich. Pia zog zischend den Atem ein, aber bevor sie etwas erwidern konnte, sprach Tom weiter. »Ich habe dir etwas im Vertrauen erzählt, weil ich das Bedürfnis hatte, dir zu erklären, warum ich weggegangen bin. Und warum ich die Beziehung zu dir nicht weiterführen konnte. Und was machst du? Du ziehst durchs Dorf und bindest es jedem auf die Nase. Ich dachte, wir waren mal Freunde.«

»Freunde! Du wirst schon sehen, wie das ist, wenn du deine Familie und deine Freunde vor den Kopf stößt.«

»Nicht alle sind davon so schockiert wie du.«

»Na klar, deine schwulen Freunde in der Stadt finden es bestimmt geil, wenn du dich vor ihnen zum Affen machst«, fauchte sie.

Tom schüttelte den Kopf. Er begriff, dass Pia in ihrer aufgestauten Wut auf ihn gar nichts verstehen *wollte*. Sie hatte für ihren eigenen Traum auf den Falschen gesetzt und jetzt ließ sie ihren Frust an ihm aus. Aber egal, was Tom getan hatte, er hatte keine Lust mehr, sich dafür verantwortlich machen zu lassen.

»Ich denke, ich habe dir alles gesagt, was zu sagen ist.« Tom wandte sich zu Joschi um. »Gehen wir? Meine Mutter hat einen Frankfurter Kranz gebacken und mich gebeten, dich mitzubringen.«

Erstaunt zog Joschi die Augenbrauen hoch. Dann stieß er sich vom Trafokasten ab und nahm Toms Hand.

»Mach's gut, Pia!«, sagte er und marschierte übertrieben arschwackelnd mit Tom die Straße entlang.

In Toms Brust breitete sich ein frisches Gefühl aus, ähnlich wie an einem Tag im Frühjahr, wenn die Sonne nach dem langen Winter endlich wieder die Haut wärmt und der Duft von Flieder durch die Nase zieht. Sie gingen langsam über die Hauptstraße, ließen den Brunnen mit seinen lästernden Dorfbewohnern hinter sich und bogen in die Siedlung ein, in der Toms Eltern wohnten.

Hinter den Gardinen der Nachbarn regten sich neugierige Gestalten. Tom meinte, die Blicke auf sich zu spüren und die hässlichen Kommentare zu hören, von Menschen, die lange Zeit zu seiner Welt gehört hatten.

Nicht alle waren so, da war er sich sicher. Und manche waren vielleicht auch lernfähig. Aber er wollte nie wieder in diesem Dorf leben, in dem jeder Schritt und jedes Wort pedantisch überwacht und später hinter den verschlossenen Haustüren durchgehechelt wurde.

Toms Vater saß schweigend am Kaffeetisch, während seine Mutter ununterbrochen quasselte. Sie bemühte sich nach allen Regeln der Kunst, die Situation erträglich zu machen. Und Tom war froh, dass sein Vater nicht einfach das Weite suchte. Auch wenn er nicht sprach – das tat er sowieso nicht oft –, so war Tom doch klar, dass er die neue Konstellation für sich im Stillen sortierte. Das war doch ein Anfang.

ZWEIUNDZWANZIGSTES KAPITEL

NOCH AM GLEICHEN Abend saßen Joschi und Tom wieder im Zug in die Stadt. Joschi hatte keinen Bock gehabt, eine weitere Nacht bei seinen Eltern zu verbringen, und Tom wollte ihn mit seinem Frust nicht allein nach Hause fahren lassen. Nicht nach dem, was sie auf der Hinfahrt erlebt hatten. Obwohl es ein Samstagabend war, wurden sie im Nahverkehrszug nicht von weiteren Junggesellenabschieden überfallen und im Intercity saßen sie mit einem Kegelklub in einem Wagen, der ihnen jeweils ein Piccolöchen in die Hände drückte, ohne sie weiter zu belästigen.

Eine halbe Stunde vor Ende der Fahrt brummte Toms Handy und eine Nachricht von Phil kam herein.

Montagabend Lust auf ein Bier?, schrieb er.

Guter Plan, antwortete Tom.

Wunderbar. Ich freu mich, kam zurück.

Tom überlegte einen Moment, ob er Phil schreiben sollte, dass er auf Jungs stand. Oder war das zu viel? Kurzerhand tippte er dann doch noch eine Nachricht ein.

Nur so zur Info: Ich bin schwul. Will aber natürlich nur ein Bier mit dir trinken. Und ein Blinzel-Smiley.

Tom befürchtete schon, mit seiner Nachricht alles kaputt gemacht zu haben, denn es dauerte bis kurz vor der Ankunft in der Stadt, bis Phil endlich antwortete.

Nur zur Info: Ich lese gerne philosophische Texte. Aber wir können auch über Goethe sprechen. Blinzel-Smiley.

Tom fiel ein Stein vom Herzen. So einfach konnte das also sein.

Sie kämpften sich gegen Mitternacht durch den Hauptbahnhof, stiegen zur Stadtbahn in den Untergrund und fuhren in Richtung Süden. Joschi sprach nicht viel, und als seine Station näher kam, wurde Tom bewusst, dass auf Joschi nur eine leere Wohnung wartete, während er darauf hoffen konnte, dass Jula oder Peter zu Hause waren.

»Willst du mit zu mir kommen?«, fragte Tom, kurz bevor die Bahn hielt.

Joschi sah ihn müde an. Er schien nachzudenken.

»Freunde?«, fragte er leise.

»Freunde«, antwortete Tom.

Sie ließen die Bahnstation an sich vorbeirauschen, hielten sich an den Händen, bemerkten den einen oder anderen Blick, der kurz an ihnen hängen blieb. Doch niemand sprach sie an. Sie waren wieder in der Großstadt, wo ihr Leben Normalität war. Sie verließen die Bahn, gingen durch die dunklen Straßen zu Toms Wohnung und fanden sie unbeleuchtet vor. Jula und Peter schienen ausgeflogen zu sein.

Tom entdeckte noch eine halb volle Weinflasche in der Küche und trug sie mit zwei Gläsern in sein Zimmer. Joschi saß auf der Matratze und blätterte durch ein Buch, das er auf dem Fußboden gefunden hatte. Sie sprachen nicht viel, tranken in kleinen Schlucken von dem Wein, und als Joschi beinahe die Augen zufielen, zogen sie sich, ohne sich vorher abzusprechen, aus und krochen unter die Decke.

Tom erkundete Joschis Körper von den Haarspitzen

bis zu den Zehen. Sie küssten sich und hielten sich aneinander fest, bis sie ihre aufgestaute Lust nicht mehr zurückhalten wollten und – erst Joschi und dann Tom – mit zufriedenem Stöhnen aufeinander abspritzten. Der warme Samen lief an ihren Körpern herab, sickerte in die Laken und sie fanden bald eine Stellung, in der sie den Rest der Nacht verbringen konnten.

Gegen halb drei klingelte es an der Wohnungstür. Tom setzte sich müde auf. Sollte er aufmachen? Eigentlich konnte das niemand für ihn sein. Vielleicht für Jula oder Peter. Aber im Flur blieb es still. Stattdessen klingelte es erneut. Diesmal mehrfach hintereinander. Vielleicht hatte ja einer der beiden den Schlüssel vergessen. Also zog sich Tom die Shorts an und taperte zur Tür.

Einen Moment später polterte es im Treppenhaus und Finn kam die Treppe hinauf. Er war sichtlich betrunken und stammelte irgendwas vor sich hin, als er versuchte, sich an Tom vorbei in den Wohnungsflur zu schieben. Doch Tom hielt ihn zurück.

»Geh nach Hause, Finn!«, sagte er und schob ihn sanft ins Treppenhaus zurück.

Finn heulte einen Moment und bettelte, hereinkommen zu dürfen, entschuldigte sich für sein Verhalten und für sein Leben, nuschelte was davon, wie besonders Tom war, und heulte wieder. Doch Tom blieb eisern in der Tür stehen, bis Finn langsam die Treppen wieder hinunterschlich und Tom unten die Haustür ins Schloss fallen hörte.

Als er zurück ins Bett kroch, drehte sich Joschi zu ihm um.

»Was war denn los?«, fragte er verschlafen.

»Nichts«, sagte Tom. »Es war nichts.«

Das war der erste Band der Geschichten um Tom. Jetzt willst du wissen, wie es mit ihm weitergeht?
Der zweite Band ist schon in Arbeit und erscheint im Herbst 2021. Auf den folgenden Seiten findest du eine Leseprobe zur Fortsetzung.

EINS

Als Tom in die Stadt zurückkehrte und die Tür zu seiner WG aufschloss, hatte er endlich wieder das Gefühl,
zu Hause zu sein. Jetzt erst spürte er die Anspannung,
die in den vergangenen Tagen auf ihm gelastet hatte. Er
war mit Joschi zum Ende der Semesterferien spontan
ein paar Tage an die Nordsee gefahren, nachdem sich
der Winter zum Glück verabschiedet hatte. Und obwohl sie immer wieder vor Wind und Regen in ihre
Pension geflüchtet waren, hatte ihm der Ortswechsel im
Prinzip gutgetan. Sie hatten lange Spaziergänge am
Strand gemacht und sich zum Lesen in das große Bett
verzogen. Aber so tief Tom auch zeitweise in die Zwei-
samkeit eingetaucht war – das Ganze hatte sich für ihn
eigentlich zu sehr nach einer festen Beziehung ange-
fühlt. Dazu war er einfach noch nicht bereit. In seinem
neuen Leben, in der Stadt wartete noch so viel auf ihn!
Er wollte einfach keine Fesseln, die ihn davon abhielten,
all das zu entdecken.

Joschi hatte ihn an diesem Sonntagabend in der Süd-
stadt abgesetzt, um das ausgeliehene Auto zu Freunden
zurückzubringen, die am Stadtrand lebten. Tom packte
gerade seinen Rucksack aus, als seine Mitbewohnerin
Jula den Kopf durch die Tür steckte.

»Wars schön?«, fragte sie.

Tom wohnte jetzt seit einem halben Jahr mit Peter
und ihr zusammen und hatte in den beiden echte
Freunde gefunden. Er wusste, dass viele WGs einfach
Zweckgemeinschaften waren, in denen man aneinan-

der vorbeilebte. Bei ihnen war das anders. Vor allem nach seinem etwas wüsten Outing im Herbst, bei dem ihn die beiden unterstützt hatten, konnte er sich keine anderen Mitbewohner mehr vorstellen. Mit Peter und Jula hatte er im Januar seinen einundzwanzigsten Geburtstag gefeiert.

Sie teilten ihr Leben miteinander und waren füreinander da.

»Wir haben uns den Wind um die Ohren blasen lassen«, sagte Tom und wandte sich mit seiner schmutzigen Wäsche im Arm zu Jula um.

»Das war hoffentlich nicht alles, was geblasen hat«, meinte Jula augenzwinkernd. »Oder habt ihr euch gestritten?«

Tom lachte. »Wie kommst du denn darauf?«

»Ich hatte gedacht, dass ich Joschi heute auch noch sehe.«

»Der kommt später vorbei.«

Jetzt bemerkte Tom das unruhige Flackern in Julas Augen und die gerötete Haut am Hals. Sie wirkte aufgewühlt.

»Ist bei dir alles in Ordnung?«, fragte er. »Du siehst irgendwie durcheinander aus.«

»Ach!« Jula winkte ab. »Peter und ich haben uns gezofft.«

Sie strich sich durch die Haare, als könne sie dadurch die Indizien für ihre Unruhe verstecken.

»Lass Tom doch da raus!«, murmelte Peter, der jetzt auch in Toms Zimmer blickte. »Schön, dass du wieder da bist.«

»Was ist denn passiert?«, wollte Tom wissen.

Peter schüttelte abweisend den Kopf, doch Jula verdrehte die Augen.

»Wir müssen es ihm sagen«, sagte sie zu Peter. »Sonst steht er in der nächsten Zeit völlig auf dem Schlauch, wenn wir uns aus dem Weg gehen.«

»Müssen wir uns wirklich aus dem Weg gehen?«

»Na, du bist es doch, dem das unangenehm ist.«

»Was ist denn los?«, fragte Tom erneut, den diese ungewohnte Anspannung zwischen seinen Mitbewohnern alarmierte. »War Finn wieder hier und hat eine Show abgezogen?«

Mit Finn verband die drei eine besondere Beziehung. Er war mit Peter und Jula befreundet und hatte sogar eine kurze Zeit in der WG gewohnt. Mit ihm war Peter einmal im Bett gelandet. Und Finn war es auch gewesen, der Tom mit seinen jetzigen Mitbewohnern bekannt gemacht hatte, nachdem sie sich bei einer anderen WG-Besichtigung getroffen hatten. Mit Finn hatte Tom außerdem seinen ersten schwulen Sex gehabt, was fantastisch gewesen war. Allerdings war Finn danach ziemlich abgedreht und hatte Tom eine Weile gestalkt. Hin und wieder tauchte er immer noch wie aus dem Nichts auf und meinte, Toms volle Aufmerksamkeit beanspruchen zu dürfen.

Aber Jula lachte. »Wenn es Finn gewesen wäre, würde Peter vermutlich entspannter damit umgehen.«

»Du spinnst doch!«, wehrte sich Peter ärgerlich. »Ich hätte jetzt auch ein Problem, wenn Finn mir den Schwanz gelutscht hätte.«

Die Worte schnitten durch die Luft wie ein heißes Messer durch ein Stück kalte Butter. Tom sah erstaunt zwischen den beiden hin und her.

»Jula hat dir den Schwanz gelutscht?«, fragte er Peter ungläubig. Dann brach er in Lachen aus. »Und was ist mit Kein Sex mit den Mitbewohnern?«

Ihr enges Zusammenleben funktionierte auch deshalb so gut, weil sie diese strikte Regel aufgestellt hatten. An Jula hatte Tom natürlich kein Interesse, und Peter hatte für sich nach dem Experiment mit Finn herausgefunden, dass er eindeutig hetero war. Und bis heute hatte Tom geglaubt, dass auch zwischen Peter und Jula alles geklärt sei.

Er schob sich zwischen den beiden hindurch in den Flur. Er brauchte jetzt ein Bier auf den Schreck. Der Kühlschrank war fast leer, aber in dem kleinen Vorratsschrank lagen noch ein paar warme Flaschen.

»Es ist nicht das, was du denkst«, sagte Peter, der ihm folgte und die Flaschen in den Kühlschrank räumte, als hätte er ein schlechtes Gewissen, das Bier nicht für Tom gekühlt zu haben.

»Statt aneinander herumzuspielen, hättet ihr mal lieber einkaufen sollen«, stellte Tom fest.

»Hör doch auf, zu frotzeln!«, sagte Peter leicht gereizt. »Als wenn du irgendwas anbrennen lassen würdest.«

»Was ist denn dann das Problem?«, fragte Tom weiter und machte sich ein warmes Bier auf. »Ist einer von euch schwanger?«

»Kathi ist das Problem«, sagte Jula. »Peter ist der Abend jetzt unangenehm und seine Freundin soll nichts davon mitkriegen.«

Peter stöhnte. »Ist das so absurd? Wenn Kathi davon erfährt, macht die mir die Hölle heiß.«

Tom trank einen Schluck und schüttelte sich. Warmes Bier war schon ziemlich ekelig.

»Warum macht ihr so ein Ding daraus?«, fragte er, während er überlegte, ob er das Bier wegschütten sollte. »Statistisch gesehen geht fast jeder irgendwann mal fremd.«

Jetzt lachte Peter. »Willst du jetzt die angeblich so verbreitete schwule Promiskuität ins Feld führen? Entschuldige, aber das ist nicht dein Stil.«

In diesem Moment klingelte es an der Tür und kurz darauf stand Joschi im Flur. Peter und Jula begrüßten ihn freudig. Er hatte ihnen den klassischen Sanddornschnaps von der Insel mitgebracht, der dort einfach nur Karnickelpisse hieß und auch genauso schmeckte. Jula verzog das Gesicht, als sie an ihrem Glas nippte, wohingegen Peter von dem Gesöff ganz angetan war.

»Aber jetzt mal ehrlich«, griff Peter das Thema noch einmal auf. »Kathi darf davon echt nichts erfahren.«

»Wovon?«, fragte Joschi neugierig und kippte sich noch ein Glas Karnickelpisse in den Mund.

»Jula hat ihm den Schwanz gelutscht«, sagte Tom süffisant. »Dabei haben wir doch diese WG-Regel. Kein Sex und so. Das hat Peters Schwanz vergessen.« Er zwinkerte Peter zu. »Darf ich dann auch mal?«

»Können wir bitte aufhören, über meinen Schwanz zu reden?«, sagte Peter genervt. »Ihr seid ja alle völlig sexfixiert.«

Jula kicherte, als sie sich ein Glas Wein einschenkte und sich an den Küchentisch setzte. »Wenn hier einer auf Sex fixiert ist, dann bist du das«, warf sie ein. »Ich wollte Freitag einfach nur gemütlich einen Film gucken.«

»Das war ein Porno, kein Film!«, konstatierte Peter.

»Ein guter Spielfilm mit ein bisschen Sex«, berichtigte Jula ihn. »Ich konnte ja nicht ahnen, dass du so empfindsam bist.« Sie sah Tom an. »Kennst du Shortbus?«

Tom nickte kurz und warf Joschi dann einen vorsichtigen Blick zu. Ihre lockere Affäre, die sie seit dem letzten Herbst führten und in der sie beide keine Ansprüche an den anderen stellten, war für Tom perfekt, denn sie hatten sich darauf geeinigt, Freunde zu sein, ganz egal, was passierte. Freunde, mehr nicht. Oder auch Freundschaft plus. Aber es war eben keine richtige Beziehung. Joschis Blick verriet, dass ihn dieses Gespräch befremdete. War er vielleicht doch nicht so locker und offen, wie er vorgab? Schon in den letzten Tagen auf der Insel hatte Tom so eine Ahnung gehabt.

Nachdem Jula doch noch kurz berichtet hatte, wie sie während des Films die Erektion in Peters Hose entdeckt hatte, und Peter gerade noch verhinderte, dass sie weiter ins Detail ging, wechselten sie das Thema. Tom und Joschi erzählten von der autofreien Nordsee-Insel, schwärmten von den schönen Stränden und den gewöhnungsbedürftigen Insulanern und tranken zum Abschluss noch ein Glas Karnickelpisse mit den anderen. Dann zogen sie sich in Toms Zimmer zurück.

Als Tom die Tür zugezogen hatte, umfasste Joschi ihn von hinten, drängte sich an ihn und schob seine Hände vorne in Toms Jeans.

»Du würdest also gerne Peters Schwanz lutschen?«, fragte er und knabberte an Toms Ohrläppchen.

Der bekam sofort eine Erektion. Er wusste, was Joschi mit seinem Schwanz machen konnte. Joschi kannte ihn einfach zu gut. Tom stöhnte wohlig.

»Hast du Peter schon mal nackt gesehen?«, fragte er zurück.

Joschi umfasste Toms Erektion und zog die Vorhaut zurück. Mit den freigelegten Nervenenden, die jetzt an der Boxershorts rieben, stieg Toms Lust weiter an.

»Sein Body ist schon ziemlich heiß«, hauchte Joschi ihm ins Ohr. »Er macht halt viel Sport und ich habe ihn ein paarmal gesehen, wenn er aus dem Bad kam.«

Joschi zog die Hände wieder aus der Jeans und öffnete jetzt Toms Gürtel, knöpfte die Hose langsam auf und biss ihm leicht in den Hals.

»Aber ich kenne da einen Mann, den ich viel heißer finde!«

Tom lachte leise und wandte sich zu Joschi um. Sie sahen sich in die Augen, und als er sich an Joschi drängte, um ihn zu küssen, spürte er auch dessen Erektion gegen die Hose drücken.

»Dann zieh dich aus!«, hauchte er Joschi ins Ohr.

Der löste sich von Tom, zog den Reißverschluss seiner Jeans auf, riss sich Pulli und T-Shirt über den Kopf und ließ dann seine Hose auf die Knöchel rutschen. Er stieg aus dem Berg Stoff, zog sich die Boxershorts runter und stand nackt vor Tom. Tom liebte diesen Körper vor sich. Er liebte ihn schon seit einem halben Jahr und hatte sich auch in den Jahren davor unbewusst immer wieder nach ihm gesehnt, in der Zeit zwischen der etwas missglückten Abiturfeier, nach der sie sich voneinander entfernt hatten, und dem zufälligen Wiedertreffen in ihrem Heimatdorf.

Joschis Haut war nach dem Winter blass und nur da, wo er in den letzten Tagen am Meer ein bisschen Sonne bekommen hatte, war er leicht gebräunt. Er war schmal, der Bauch flach, die Brust ebenfalls. Tom war kräftiger gebaut und kämpfte in unregelmäßigen Abständen gegen ansetzende Polster. Er hasste Sport und war manchmal ein bisschen neidisch auf die gut gebauten Männer, die am Wochenende in der Szene abhingen, während sie vermutlich den Rest der Woche in irgendeinem Fitnessstudio ihre Muskeln stärkten. Aber im Grunde hatte er gar nicht den Anspruch, einen makellosen Körper zu haben. Und Joschis war in seinen Augen sowieso perfekt.

Seine Aufmerksamkeit war jetzt allerdings ganz von der schräg nach oben ragenden Latte zwischen Joschis Beinen in Anspruch genommen. Obwohl er diesen Körper im vergangenen Winter so oft nackt gesehen und bis in alle Winkel erkundet hatte, konnte er nicht genug von ihm bekommen. Schnell zog er seine Klamotten auch aus, sein Glied reckte sich nun ebenfalls in die Höhe. Joschi trat auf ihn zu und ihre Eicheln berührten sich sanft. Gleichzeitig griffen sie zu ihren eigenen Schwänzen und rieben sie aneinander. Joschis Penis sonderte einen ersten Tropfen ab, der die Berührung sofort etwas glitschiger machte. Joschi rückte noch ein wenig näher an Tom heran und umfasste mit seinen schmalen Händen jetzt beide Schwänze. Tom stöhnte bei der Berührung mit der kalten Hand auf. Jetzt trat auch aus seiner Eichel ein Tropfen aus, begleitet von einem angenehmen Schauer, der seinen Rücken entlanglief.

»Die Frage ist allerdings«, griff Joschi das vorherige Thema wieder auf, »ob Peter dich auch so gerne in die Hand nimmt wie ich.«

Er rieb die beiden Erektionen gleichzeitig und Tom genoss die Lust, die ihm von den Zehenspitzen bis in die Kopfhaut pulsierte. Er schloss die Augen und bewegte sein Becken vor und zurück. Joschis Handbewegungen wurden allmählich schneller. Er strich immer fester auf und ab und Tom wusste, dass er das nicht mehr lange aushalten würde. Doch kurz bevor er explodierte, hielt Joschi plötzlich die Hand still. Tom öffnete die Augen und sah Joschi fragend an. Der grinste breit. Dann rieb er weiter.

Tom spritzte seinen Samen mit einem tiefen Stöhnen in die Höhe. Wie ein elektrischer Stoß jagte die Lust durch seinen Körper und sein Schwanz zuckte immer wieder, während er seine Ladung auf Joschis Bauch, seine Erektion und die Hand, die beide fest umfing, hinausschoss. Dann war es vorbei und Tom atmete schwer aus.

Er öffnete die Augen und sah Joschi an. Der lächelte jetzt über das ganze Gesicht. Mit einem kurzen Blick bemerkte Tom, dass Joschi noch nicht gekommen war. Also zog er seinen besten Freund mit sich zur Matratze, die seit einem halben Jahr als Bett herhalten musste. Joschi legte sich hin, Tom wischte ihm das Sperma mit seinem T-Shirt von Fingern und Penis und griff dann nach der Erektion. Er wichste Joschis Schwanz, bis auch er mit einem lauten Seufzer in einer hohen Fontäne kam. Danach lagen sie etwas außer Atem nebeneinander auf der Matratze.

»Und? Willst du immer noch Peters Schwanz lutschen?«, erkundigte sich Joschi mit geschlossenen Augen.

»Nachdem ich jetzt weiß, dass die WG-Regel nicht mehr gilt, lasse ich es mal darauf ankommen«, antwortete Tom lachend und stürzte sich auf Joschi, um ihn durchzukitzeln.

Der wand sich unter Toms Fingern und bettelte darum, dass er aufhörte. Nach einer Weile ließ Tom von ihm ab, schnappte sich seine Shorts und ein frisches T-Shirt und zog beides an. Auch Joschi stieg in seine Boxershorts, um mit einer Zigarette an das offene Fenster zu treten. Sie schwiegen eine Weile. Joschi rauchte. Tom lag auf dem Rücken auf der Matratze und blickte zur Decke.

»Was ist das zwischen uns?«, stellte Joschi schließlich die unvermeidliche Frage.

Tom schossen sofort die Erinnerungen durch den Kopf. Es war gerade mal ein halbes Jahr her, dass er sich aus einer ähnlichen Beziehung freigekämpft hatte. Damals war es eine Frau gewesen. Pia. Mit der hatte er auch eine unverfängliche Affäre angefangen, die sich dann aber verselbstständigt hatte: Pia hatte sich in ihn verliebt, er war noch nicht geoutet gewesen. Und beinahe wäre er mit ihr in eine Einbahnstraße eingebogen. Haus bauen, Kinder kriegen, den langweiligen Job weitermachen. Doch das war nicht sein Leben. Er wollte frei sein. Seine Möglichkeiten ausloten. Aus der damaligen Welt war er in letzter Sekunde ausgebrochen. Auf keinen Fall wollte er erneut in so einer Sackgasse landen. Joschi hatte das immer akzeptiert. Bis jetzt jedenfalls.

»Was meinst du?«, fragte Tom zurück, um keine Antwort geben zu müssen.

»Freunde?«

Tom atmete erleichtert auf.

»Freunde«, sagte er.

ZWEI

Semesteranfang. Zum zweiten Mal für Tom. Im ersten Semester hatte er nicht so wahnsinnig viel auf die Reihe bekommen, und daher hatte er sich einiges vorgenommen. Während er im Wintersemester vor allem mit sich und seinem Outing, der Stadt und dem neuen Leben beschäftigt war, wollte er jetzt im Studium ein bisschen Gas geben. Viele Leute hatte er im Winter an der Uni nicht kennengelernt, aber auf einen Kommilitonen freute er sich schon: Phil. Mit ihm hatte er vereinbart, wieder gemeinsam ein Literaturseminar zu belegen.

Sie trafen sich vor dem Seminarraum und begrüßten sich mit einer Umarmung. Erfreut drückte sich Tom an den Freund, der ihn lachend von sich schob.

»Ich freue mich auch, dich wiederzusehen«, sagte Phil, schlug Tom auf die Schulter und marschierte vor ihm in den Raum.

Sie fanden hinten rechts einen Tisch, an dem sie zusammen sitzen konnten, packten ihre Unterlagen aus und erzählten sich gegenseitig von den Semesterferien. Phil war zwei Wochen Skifahren in den Alpen gewesen, bei perfektem Schnee. Jeden Abend war er mit seiner Freundin Magdalena und anderen Leuten in irgendwelchen Klubs versackt.

»Wie kannst du Skifahren, wenn du jeden Abend saufen gehst?«, fragte Tom mit kraus gezogener Stirn.

»Reine Gewöhnung«, entgegnete Phil. »Mit Restalkohol im Blut kommt man die Pisten viel eleganter runter.«

Der Raum füllte sich allmählich, und Phil wurde von einer Studentin angesprochen. Er unterhielt sich kurz mit ihr über eine Hausarbeit, die sie zusammen in einem anderen Seminar übernommen hatten, und fragte einen anderen Studenten, wie die Zeit bei seinen Großeltern gewesen war. Tom fiel auf, wie oft Phil im Gegensatz zu ihm gegrüßt wurde. Im letzten Semester hatte er sich fast in die Nesseln gesetzt, als er Phil im Glauben, er sei schwul, angebaggert hatte. Doch der hatte ihm das nicht übel genommen. Im Gegenteil: Er schien die Freundschaft zu Tom zu genießen und bezog ihn ständig in die kurzen Gespräche mit den anderen ein. Manchmal wünschte Tom sich, er hätte ein bisschen was von der Leichtigkeit, mit der Phil durchs Leben ging.

»Du bist halt der einzige Schwule, den ich wirklich kenne«, hatte er am Ende des letzten Semesters zu ihm gesagt, als Tom von einem bescheuerten Typen blöd angepöbelt worden war und Phil sich demonstrativ an seine Seite gestellt hatte. »Und mir ist es doch egal, mit wem meine Freunde ins Bett gehen. Das geht keinen was an.«

Als die Dozentin in den Raum kam und sie sich auf die Plätze setzten, fügte Phil seinen Ausführungen über den Alkohol im Skiurlaub noch hinzu: »Außerdem ist der Sex nach einem Tag auf der Piste phänomenal.«

»Wie bitte?«, hakte Tom leicht irritiert nach.

Phil beugte sich zu ihm herüber und flüsterte: »Skifahren ist so anstrengend und geht so in den ganzen Körper und den Schwanz, dass sich der Sex danach viel intensiver anfühlt.«

Er zwinkerte Tom zu und wandte seine Aufmerksamkeit dann der Dozentin zu. Tom erstaunte Phils Bemerkung. Über Sex hatten sie bislang nie gesprochen und Tom war sich auch nicht sicher, ob er von Phil mehr Details über sein Sexualleben erfahren wollte. Und jetzt erwähnte Phil ihm gegenüber seinen Schwanz, der sich, das hatte er bei der Begrüßung aus den Augenwinkeln sehen können, deutlich durch die für die Jahreszeit ziemlich dünne Stoffhose abgezeichnet hatte. Wollte Phil ihn anmachen oder dachte er einfach, ihre Freundschaft sei so eng, dass er mit ihm über solche Dinge reden könne? Tom war verwirrt, schob aber diese Gedanken schnell zur Seite, weil die Dozentin mit dem Unterricht begann.

Als es an die Verteilung der Seminararbeiten ging, fragte Phil, ob sie zusammen ein Projekt übernehmen sollten. Tom freute sich, denn er hatte das schließlich noch nie gemacht, und Phil versprühte zumindest den Anschein, als habe er einen Plan, wie sie vorgehen konnten. Also meldeten sie sich und bekamen gemeinsam ein Thema zugewiesen.

Nach dem Seminar holten sie sich einen Kaffee in der Cafeteria und setzten sich in die Sonne auf dem Campus. Kurz schoss Tom der Gedanke durch den Kopf, ihn auf diese komische Sexbemerkung anzusprechen, fand es dann aber peinlich, mit Phil darüber zu reden, und erzählte lieber von der kurzen Reise auf die Insel.

»Ich muss gleich los«, sagte Phil nach einer halben Stunde. »Vorlesung in Geschichte. Hast du Lust, übermorgen auf ein Bier rauszugehen? Dann kannst du mehr von der Nordsee erzählen.«

»Gute Idee«, antwortete Tom. »Ich muss auch gleich mal zur Jobbörse und nach einem Job suchen.«

Im Winter hatte er neben dem BAFÖG noch von seinem Ersparten gelebt, jetzt musste aber zumindest ein kleiner Job her, damit er auch mal ausgehen konnte. So richtig Bock hatte er allerdings nicht auf die Jobsuche. Und er ahnte auch, dass das zu Semesterbeginn nicht so leicht sein würde, weil sich alle auf die wenigen Studentenjobs stürzten.

»Ich bin echt ein Idiot!« Phil schlug sich vor die Stirn und sah Tom an. »Ich wollte dich ja fragen, ob du Nachhilfe gibst.«

»Wem? Dir?«

»Nee. Ich bräuchte höchstens mal Nachhilfe in schwulem Sex«, antwortete er.

Tom schoss das Blut in den Kopf und er spürte, dass er tiefrot anlief. Um irgendwie davon abzulenken, zog er die Augenbrauen hoch und versuchte, Phil möglichst verständnislos anzusehen. Der brach in Lachen aus.

»Nicht praktisch«, erklärte er. »Eher theoretisch. Ich habe echt keine Ahnung, wie das geht.« Er schüttelte nachdenklich den Kopf. »Wir wissen einfach viel zu wenig von den Menschen, die wir mögen. Aber Spaß beiseite: Eine Freundin meiner Mutter hat einen etwas missratenen Sohn. Der braucht Nachhilfe in Deutsch und Englisch.« Phil kramte in seiner Tasche und zog schließlich einen Zettel raus. »Hast du Interesse?«

Tom suchte seine in alle Richtungen davongelaufenen Gedanken wieder zusammen und schluckte das Anzügliche, was Phil gerade von sich gegeben hatte, runter.

»In welcher Klasse ist der denn?«, fragte er mit trockenem Mund.

»Keine Ahnung. Der ist sechzehn, glaub ich.«

»Das krieg ich hin«, sagte Tom und nahm ihm den Zettel ab. »Hast du kein Interesse an dem Job?«

Phil tat, als wäre er völlig entsetzt: »Um Gotteswillen, nein! Ich habe keine Geduld mit Jugendlichen.« Er zwinkerte Tom zu. »Ich muss los. Ruf die Mutter des Jungen am besten gleich an. Aber nimm dich vor ihr in Acht: Die ist ziemlich frustriert und gräbt jeden an, der männlich ist und gut aussieht.«

Phil hängte sich seine Tasche um, rief noch kurz »Wir sehen uns übermorgen« über die Schulter und eilte ins Hörsaalgebäude.

Tom sah ihm nach, bemerkte zum tausendsten Mal, seit sie sich kannten, den knackigen Hintern und versteckte das Gesicht in den Händen, als Phil aus seinem Blickfeld verschwunden war. Seit sich Tom dazu bekannt hatte, auf Männer zu stehen, sah er überall diese Hintern, fantasierte von Schwänzen und vermutete an jeder Ecke Sex. Als ob Phil ihn plötzlich einfach so angraben würde! Das war doch völlig bescheuert. Er war völlig bescheuert. Das musste ein Ende haben, sonst wurde er noch verrückt.

Was wollte er denn überhaupt? In dieser Stadt schien man jederzeit Sex haben zu können. Das hatte er bei seinen Ausflügen in die Szene festgestellt. Aber seine Fantasien spielten sich nur in seinem Kopf ab. Das war nicht real. Er legte eigentlich gar keinen Wert auf schnellen Sex, immer und überall, mit jedem. Aber wünschte er sich eine Beziehung? Es gab da noch so viele Möglichkeiten und Erfahrungen, die auf ihn warteten. Er konnte sich gar nicht vorstellen, wie sich eine Beziehung anfühlte. Er dachte an seinen Mitbewohner Peter mit seiner Kathi. Na gut, das war aktuell kein gutes Beispiel. Dann eben Phil und Magdalena. Wobei sich durch diesen Gedanken sofort wieder Phils Bemerkung über den Sex nach dem Skifahren in Toms Hirn bohrte. Vielleicht war eine solide, monogame Beziehung zwischen Schwulen auch gar nicht möglich, weil doch alle immer wieder vom Sex mit dem nächsten Unbekannten träumten.

Tom zwang sich, seine Gedanken zu stoppen. Er betrachtete den Zettel in seiner Hand. Julian Schmitz stand darauf. Und eine Festnetznummer, hinter der in Klammern der Name Patrizia geschrieben war. Das war dann wohl die Mutter, vor der Tom sich in Acht nehmen sollte. Er atmete tief durch und zog sein Handy aus der Hosentasche.

Verwundert registrierte er, dass Finn geschrieben hatte. Er wollte wissen, ob Tom wieder in der Stadt sei und wann sie sich sehen würden. Weil Tom den Kontakt zu Finn lieber begrenzt hielt, um weitere Komplikationen zu vermeiden, löschte er die Nachricht ohne zu antworten. Jetzt musste er erst mal bei dieser Patrizia Schmitz anrufen.

Zehn Minuten später war er für den nächsten Tag mit ihr und vor allem ihrem Sohn Julian verabredet. Tom wusste grob, dass der Stadtteil, den sie ihm genannt hatte, im Westen der Stadt lag, in der Nähe des Stadions, und dass es dort eine Siedlung mit ziemlich betuchten Mitbürgern gab. Die Bezahlung stimmte jedenfalls: Fünfundzwanzig Euro pro Stunde. Und bei einer Verbesserung von Julians Noten in Deutsch und Englisch im nächsten Zeugnis bekäme er einen Bonus von zweihundertfünfzig Euro pro Note und Fach. In dem Fall sollte es sich doch lohnen, den Jungen ein bisschen zu triezen.

Ende der Leseprobe

Neugierig geworden?

Wenn du nichts mehr von mir verpassen willst, dann melde dich am besten sofort bei meinen GayLetters an: www.stephano.eu

Stephano wuchs in Niedersachsen auf, bevor er zum Studium nach Köln ging. Germanistik, Skandinavistik und Philosophie stand auf dem Plan. Seit 2007 schreibt er. Heute lebt er mit seinem Mann in Köln. Wenn du mehr über ihn erfahren willst, dann findest du ihn hier:

Website: www.stephano.eu
Instagram: stephano_schreibt)
Facebook: www.facebook.com/StephanoSchreibt

STEPHAN MARTIN MEYER

Die Karte

Freundschaft, Verbrechen

ist nicht

und wie man herausfindet,

das Gebiet

wer man ist

Roman

Edition
Erdbert

Prolog

Ein dumpfer Knall erschüttert den Berg. Nicht laut, aber deutlich zu spüren. Ein Stoß, gefolgt von einer Druckwelle, die in den Ohren schmerzt. Der Hang löst sich in Zeitlupe. Steine, Erde und Felsen fließen wie zähes Wasser den Berg hinab. Die Masse nimmt alles mit, was ihr in die Quere kommt. Der Boden ist ausgetrocknet. Die Erde zerbröselt bei jeder Berührung, sie wird durch nichts aufgehalten. Die wenigen Bäume bieten keinen Widerstand. Die Abwärtsbewegung wird schneller, die Gewalt reißender. Ein Grollen, das erbarmungslos anschwillt. Der Untergrund bebt. Die gurgelnde Masse aus Geröll, Erde und Baumstämmen wälzt sich den Berg hinab. Sie bewegt sich direkt auf den Hof zu. Einzelne Steine und Felsbrocken treffen bereits das Hausdach. Sie durchschlagen ein Fenster, zwei, drei. Dann prallen die Geröllmassen mit Wucht auf die Gebäude. Sie reißen zuerst die verfallene Hütte nieder. Als Nächstes gibt auch das Hauptgebäude nach. Es rutscht mit einer leichten Linksdrehung den Berg abwärts und stürzt schließlich in sich zusammen. Das Getöse ist inzwischen ohrenbetäubend. Etwa hundert Meter rutschen die Trümmer den Hang hinab. Dann kommt der Strom zum Stehen. Er hat seinen Zweck erfüllt. Wo sich vorher der Hof und ein Parkplatz mit Autos befunden haben, liegen Schutt und Geröll in einer unförmigen Masse. Eine gewaltige Staubwolke schwebt über dem Hang. Unweit der Verwüstung sind drei Gestalten zu reglosen Umrissen erstarrt. Einen unendlichen Moment lang ist es gespenstisch still.

Erstes Kapitel

W er mit vierzehn zu den Coolen gehört, der hat definitiv gewonnen. Ich heiße Johan und gehöre nicht zu den Coolen.

Ich sitze in Bio mit Nils ganz hinten rechts in der Klasse, mit dem Rücken zum milchigen Fenster, das sich nur einen Spalt weit kippen lässt. Über die Hälfte meines Lebens habe ich mit Nils verbracht. Mit ihm habe ich schon im Kindergarten gespielt. Wir waren quasi unzertrennlich, auch wenn Nils bis letzten Sommer einen Jahrgang über mir war. Jetzt spielen wir nicht mehr.

Unsere Schule im Kölner Westen wurde in den Siebzigerjahren gebaut. Die Fassaden bestehen aus grau verfärbtem Beton, die trüben Fensterscheiben sind nie ausgetauscht worden und die Böden mit einem ekeligen Teppich ausgelegt, der sich schon lange nicht mehr vernünftig reinigen lässt. Der Winter ist fast vorbei, der Biologieunterricht bei Mr. Fridge leider noch nicht. Mr. Fridge heißt eigentlich Herr Lau. Aber wenn er den Raum betritt, scheint die Temperatur um zehn Grad zu sinken. Der Kühlschrank-Name ist deshalb einfach an ihm hängen geblieben.

»Bringst du deine Boxen zu meiner Party mit?«, flüstert Nils. Doch Mr. Fridge weiß genau, auf wen er achten muss.

»Nils, was gibt es denn da zu tuscheln? Wenn du dich schon die ganze Zeit mit anderen Dingen beschäftigst, dann halt bitte nicht auch noch Johan vom Unterricht ab. Der macht wenigstens mit.«

Was für eine bescheuerte Bemerkung. Ich starre angestrengt auf den Block vor mir und male den Raumplan unserer Schule darauf. Ist so ein Tick von mir. Pläne zeichnen. Fluchtpläne.

»Ich hab doch gar nichts gemacht! Ich hab Johan nur gefragt, wie die Befruchtung der Eizellen beim Geschlechtsakt funktioniert.«

Ein paar Idioten feixen bei dem Wort *Geschlechtsakt* natürlich direkt los. Nils grinst.

»Und was hat er dir geantwortet?«

»Die Antwort hab ich noch nicht bekommen, weil Sie uns unterbrochen haben.« Nils merkt gar nicht, wie er mich mit seiner Notlüge mal wieder total reinreitet. Denn natürlich steigt der blöde Mr. Fridge darauf ein.

»Johan, erklär Nils doch bitte, wie die Befruchtung abläuft. Wenigstens auf dich kann ich mich verlassen.«

Mein Gesicht wird heiß. Das bedeutet, dass ich knallrot werde. Am liebsten würde ich im Boden versinken. Befruchtung, na klar. Aber noch schlimmer: Jetzt stehe ich wieder wie der brave Streber da. Ich beschreibe also stammelnd die Vorgänge bei der Befruchtung, während ich aus den Augenwinkeln sehe, wie sich die anderen über mich lustig machen. Vor allem Linus, mein größter Feind, grinst breit hinter Mr. Fridges Rücken und zeigt anzügliche Gesten. Superwitzig.

Als es klingelt, drückt sich Nils gelangweilt von seinem Stuhl hoch. Der Lärmpegel im Flur steigt rasant und ich muss dringend pinkeln.

»Also, was ist mit den Boxen?«, fragt Nils.

»Der Typ ist ein Idiot!«, sage ich und meine Mr. Fridge. »Ich verstehe nicht, warum der uns immer gegeneinander ausspielt.«

»Ach, vergiss es. Kannst ja nichts dafür. Die Boxen?«

»Du musst echt aufpassen. Sonst verpasst er dir eine Fünf und du bleibst im Sommer wieder hängen.«

»Ist doch jetzt egal. Der Sommer ist weit weg. Nur die Party zählt! Die wird echt krass.«

»Klar bringe ich die Boxen mit. Ehrensache.«

»Cool, Mann. Ich geh raus. Bis gleich.«

Weg ist er. Meine Blase erinnert mich gnadenlos daran, dass ich dringend aufs Klo muss. Mist. Ich renne zum Ende des Flurs, hole tief Luft, ziehe die Tür zu den Toiletten auf und tauche in den stinkenden Raum ein. Vier Jungs drehen sich um und atmen erleichtert auf, als sie mich erkennen. Linus ist einer von ihnen. Das passt ja perfekt.

»Ach nee, der kleine Johan.« Ich ignoriere den Kommentar und öffne eine der vollgeschmierten Klokabinen, schlüpfe schnell rein und schließe die Tür hinter mir. Abschließen kann ich logischerweise nicht, die Schlösser sind schon ewig kaputt.

»Hast deinen Nils ja vorhin mal wieder voll abgesägt. Wenn ich Nils wär, dann würd' ich mir das von so einem kleinen Schleimer nicht gefallen lassen.«

Ich bin fertig, ziehe den Reißverschluss meiner Jeans hoch und drücke die Türklinke runter. Die Tür lässt sich nicht öffnen. Einer der anderen lehnt von außen dagegen. Ich höre Linus lachen.

Wie sehr ich mich nach den Ferien sehne. Zwei Wochen lang Ruhe. Zwei Wochen lang ohne Angst aufs Klo gehen, wann immer ich will.

»Bist du eigentlich in Nils verknallt?«, fragt Linus durch die Tür. »Was macht ihr denn so, wenn ihr euch trefft? Wichst ihr zusammen? Oder will er nicht?«

Die Jungs vor der Tür brechen in schallendes Gelächter aus. Linus hat ja keine Ahnung, was in mir los ist. Seit Weihnachten hängt Nils ständig mit ihm ab. Und seit Nils seine Geburtstagsparty mit Linus zusammen plant, sehen wir uns fast gar nicht mehr. Ich lehne mich an die Klowand. Jeder Zentimeter ist mit Sprüchen und Pimmelbildern vollgeschmiert. Irgendwo habe ich auch mal meinen Namen entdeckt. Ich versuche, mir einzureden, dass mir das egal ist. Ich kann es ja sowieso nicht ändern.

»Was machst du eigentlich da drin?« Die Tür öffnet sich einen Spaltbreit. Ich überlege kurz, ob ich die Gelegenheit nutzen soll, um meinen Fuß in den Zwischenraum zu schieben, lasse es dann aber bleiben.

»Sollen wir dich wieder rauslassen?«

Die Frage ist nicht ernst gemeint. Das nennt man eine rhetorische Frage, auch wenn Linus bestimmt nicht weiß, was das ist. Ich blicke einfach an die gegenüberliegende Wand und zähle die Sekunden. Meditation auf dem Schulklo. Nur noch ein paar Tage, dann fahre ich mit meinen Eltern weg. Nach Südtirol. Die Tür geht noch ein paar Zentimeter weiter auf. Acht Augen sehen mich erwartungsvoll an. Und ehrlich, ich habe keine Ahnung, was genau sie erwarten.

»Der sieht ja aus, als hätt' er gar keinen Schiss.«

Linus tritt langsam in die enge Kabine. Er riecht unangenehm nach Rauch, Chips und Cola. Mir wird von dem Geruch übel. Während ich mich bemühe, möglichst flach zu atmen, schiebt er mich in die Ecke. Mein Blick verharrt auf einem Punkt zwischen Linus' Augen.

»Na, Kleiner, machste dich über uns lustig?«

Ich kann nichts tun, außer darauf zu warten, dass die Pausenklingel Mitleid mit mir hat. Von ganz tief unten aus meinem Bauch steigt das Gefühl der Einsamkeit in mir hoch. Linus nimmt mir nicht nur meinen besten Freund weg, er quält mich auch bei jeder Gelegenheit, die sich ihm bietet. Ich konzentriere mich auf meinen

Atem, damit ich nicht anfange zu heulen. Linus presst seine nach Zigaretten stinkende Hand an meine Wange. Meinen Kopf drückt er dabei an die dreckige Klowand. Unter mir befindet sich die Kloschüssel und ich schaffe es gerade so, aufrecht stehen zu bleiben. Die Übelkeit steigt mir den Hals hoch. Ich bemühe mich, nicht zu kotzen.

»Du solltest eigentlich ein bisschen mehr Angst vor mir haben. Ich kann nämlich auch ganz anders.« Linus verstärkt den Druck. Mit der anderen Hand greift er mir in die Eier und drückt zu. »Kleiner Schisser.«

Ein stechender Schmerz durchzuckt mich. Ich kämpfe gegen die Tränen. Bloß nicht heulen! Das macht alles nur noch jämmerlicher. Ich habe keine Angst vor Linus, sondern bin einfach unfassbar wütend. Wütend auf mich selbst, weil ich mich nicht gegen dieses Arschloch wehre. Doch das würde es nur schlimmer machen. Ich schlucke meine Wut runter. Hinter Linus sehe ich verschwommen die Gesichter der anderen, die mich hämisch angrinsen.

Zum Glück öffnet sich in diesem Moment die Tür zum Flur und jemand kommt rein. Abrupt lässt Linus mich los und zieht sich ein wenig zurück. Zum ersten Mal gucke ich ihm jetzt direkt in die Augen und konzentriere mich auf die Pupillen. Sie wirken wie bei einem Raubtier, zumindest bilde ich mir das ein. Noch einmal schnellt Linus' Hand vor und stoppt kurz vor meinem Magen. Ich zucke zusammen, was Linus mit einem zufriedenen Lachen quittiert. Dann verziehen sie sich endlich. Ich lehne an der Klowand und warte, bis ich sicher bin, dass sie weg sind.

Erst dann wage ich es wieder, richtig durchzuatmen. Ich kann nicht verhindern, dass ich dabei klinge, wie jemand, der ertrinkt. Die Übelkeit verzieht sich nur langsam. Ich stemme mich mühsam von der Wand ab, streiche meine Klamotten glatt und verlasse die enge, stinkende Kabine. Vor mir steht ein Schüler aus der Zehnten. Schnell dränge ich mich an ihm vorbei und lasse kaltes Wasser über meine Handgelenke laufen. Vielleicht sollte ich heute einfach nicht mehr in den Unterricht zurückgehen. Der Zehntklässler lehnt sich neben dem Waschbecken an die Wand. Er soll mich bloß in Ruhe lassen. Wie heißt er noch? Tom oder Tim oder so? Einer der Loser. So wie ich.

»Ist alles in Ordnung?«, fragt er.

»Alles bestens.«

»Haben die dich in die Zange genommen?«

»Was geht's dich an?«

»Bleib mal cool. Ich tue dir nichts. Ich heiße übrigens Tim.«

Tim also. Er lächelt.

»Das war nicht das erste Mal, oder?«

Ich schüttele den Kopf und merke, wie mir die Tränen kommen. Jetzt bitte nicht heulen, denke ich und reiße mich irgendwie zusammen.

»Passiert ständig.«

»Irgendwann musst du dich wehren.«

»Wozu?«

»Um denen klarzumachen, dass sie Idioten sind.«

»Ja, sicher. Als würden sie das jemals kapieren.«

Tim nickt nachdenklich und sagt: »Dann eben, um dir selbst klarzumachen, dass du besser bist.«

»Ich bin nicht besser.«

»Gehst du mit anderen so um, wie die dich behandeln?«

Ich schüttele wieder den Kopf.

»Siehst du: Dann bist du schon besser als die.«

»Und was genau soll ich deiner Meinung nach tun? Zuschlagen?«

Tim lacht. »Nein. Du bist ja nicht Karate Kid, oder? Hör mal, ich habe den ganzen Mist auch schon erlebt. Ich erzähle dir vielleicht demnächst mal, wie ich das gemacht habe. Okay?«

Ich nicke unsicher. Was soll mir das bringen? Ein Gespräch von Loser zu Loser. Er gibt mir seine Handynummer und ich gehe zurück in die Klasse.

Ende der Leseprobe

Neugierig geworden?
Mehr Informationen findest du auf der nächsten Seite.

Die Karte ist nicht das Gebiet - *Freundschaft, Verbrechen und wie man herausfindet, wer man ist*

ab 13 Jahren

Paperback
220 Seiten
ISBN 978-375-267-311-1
15 Euro

Auch als E-Book erhältlich

Ein Leben ohne Karte

»Du guckst den Leuten nur vor den Kopf. Was sich wirklich in ihnen abspielt, weißt du nicht«, sagt Johans Oma. Na toll, das passt ja: Sein bester Freund hängt plötzlich lieber mit Idioten rum als mit ihm und Johan kapiert nicht, warum. Zum Glück sind bald Ferien. Doch im Urlaub kommt sein Kompass völlig durcheinander:

Der obercoole Paul bringt ihn mit seinen sexuellen Anspielungen echt ins Schwitzen und Johan muss sich der Frage stellen, ob er lieber Mädchen oder Jungs küssen will.

Als wäre das noch nicht genug, wird auch noch ihre Pension völlig zerstört. War das bloß ein Unglück oder hat da jemand absichtlich seine Finger im Spiel gehabt?

Jungs oder Mädchen, Verbrechen oder Unglück, Schuld und Sühne – Johan muss die Landkarten seines Lebens neu zeichnen und herausfinden, wer er ist und was er will.